文汇集

踏着时代的鼓点起舞

胡岱平 著

山西出版传媒集团
山西人民出版社

图书在版编目（CIP）数据

文汇集：踏着时代的鼓点起舞／胡岱平著．－－太原：山西人民出版社，2019.3
ISBN 978-7-203-10709-5

Ⅰ．①文… Ⅱ．①胡… Ⅲ．①中国文学—当代文学—作品综合集 Ⅳ．①I217.2

中国版本图书馆 CIP 数据核字（2019）第 025154 号

文汇集：踏着时代的鼓点起舞

著　　　者：	胡岱平
责任编辑：	崔人杰
复　　审：	贺　权
终　　审：	秦继华
装帧设计：	陈　婷

出　版　者：	山西出版传媒集团・山西人民出版社
地　　址：	太原市建设南路 21 号
邮　　编：	030012
发行营销：	0351-4922220　4955996　4956039　4922127（传真）
天猫官网：	https：∥sxrmcbs.tmall.com　电话：0351-4922159
E－mail：	sxskcb@163.com　发行部
	sxskcb@126.com　总编室
网　　址：	www.sxskcb.com
经　销　者：	山西出版传媒集团・山西人民出版社
承　印　厂：	山西出版传媒集团・山西人民印刷有限责任公司
开　　本：	720mm×1020mm　1/16
印　　张：	17.25
字　　数：	270 千字
印　　数：	1—2 000 册
版　　次：	2019 年 3 月　第 1 版
印　　次：	2019 年 3 月　第 1 次印刷
书　　号：	ISBN 978-7-203-10709-5
定　　价：	56.00 元

如有印装质量问题请与本社联系调换

序言

自觉书写自己的历史

仰观胡岱平《文汇集》（因为黄斑变性，几乎不能阅读纸本文字，只能在电脑上放大了看电子文本，因此不能恭敬"拜读"，而抬眼"仰观"），论文《张謇"弃儒从商"刍议》尤其引起我浮翩的联想。本文就从对《刍议》的刍议开始。

状元富商张謇，是近代中国的一个传奇人物，实业救国的成功偶像。我三十多年前就知道张謇，1981年参加上海作协采风团到南通就参观过张謇家的祠堂，但我却是第一次在《刍议》中知道张謇创业时屡败屡战，与最后在辉煌期急转直下，以企业破产为人生谢幕。

张謇生于1853年，1894年41岁中状元，授官翰林院修撰。这年中日甲午战争爆发。张謇决心弃官还乡，走出一条实业救国与教育救国的新路。1895年，42岁，他接受张之洞的委托，开始筹办商办的纱厂。1896年，张謇43岁，南通大生纱厂挂牌。他的弃官从商之路从此开始。

《刍议》成稿于1997年8月，是年胡岱平先生43岁，正是年富力强，壮志满怀，宏图大展之时。而查阅《文集》中附录的《简历》（不愧多年担任秘书、办公室主任的工作，档案意识相当强），1992年8月—1996年7月，39岁—42岁，胡岱平先生从北京铁路局党办调研室副主任岗位上调任驻上海办事处副主任，并兼上海金宝房地产开发有限公司总经理，这是从行政办公室领导角色转换为企业领导角色的开始。这期间他参加了华东师大"企业发展与现代化企业管理"研究生课程进修班学习。

1996年8月,也正是《刍议》完稿的时候,43岁的他升任北京铁路局驻上海办事处主任,并兼任上海金宝经济发展有限公司总经理,角色基本转向企业领导人。43岁,他和张謇都在这个年纪完成了从"官"到"商"的人生重大转换。

这是一个巧合,但又是一个有意味的巧合,甚至可以说是有典型意义的巧合。为什么这么说?我先从他与张謇的异同说起。

他们的相同之处都是文人,即儒生,孔子创立的中国特色的知识分子群体。这个群体有了文化自觉以后,就是传承中华文化的核心力量。所以,他们选择从政还是从商(古代还有儒生从医理想,不为良相,即为良医),都不是首先从个人名利出发考虑,而是顺应、服从国家、时代的需要。张謇弃儒(这里,为儒就是走仕途,就是做官,弃儒就是弃官)从商,是为了救亡,赚了钱就办学校,实业救国与教育救国目标是一致的,都是为救国,还可以说实业救国是为教育救国筹集资金,从商最终还是从儒。因此,张謇在他终身苦心经营的大生纱厂倒闭后不久离世,心中当然凄惶,但也不是发出"天亡我也"的彻底悲凉,因为他创办、协办或参与的大学——三江师范学堂(今南京大学前身)、复旦公学(今复旦大学前身)、南京河海工程专门学校(今河海大学前身)、邮传部上海高等实业学堂船政科(上海海事大学前身)、江苏省立水产学校(后改称吴淞水产专科学校,上海海洋大学的前身)、同济医工学堂(同济大学的前身),等等,都人才济济,蒸蒸日上,这才是他希望所系。

胡岱平先生从商是党组织安排的换岗,积极服从发展经济的需要。因此,他们两人都是官商。这是从儒文化的角度定义的中国特色"官商",与春秋战国时期范蠡、子贡那样的官商、儒商、贤商是一脉相承的,都要严守为官的天职,承担经商的风险,为国尽忠。

胡岱平先生与我同侪。我们这代人,五六十年代出生,所见的都是官商,"老板"是个贬义词,但那时国营企业、商店的领导是受全社会尊重的,官商的称谓是没有的,因为领导都是公仆、人民勤务员,称之为"官"就是蔑视，但不称"官商"的官商，在我们心目中地位崇高，像工人、农民、解放军、教师、医生、科学家、作家、演员等一样地位崇高，因为他们确实在努力做到全心全意为人民服务。因此，胡岱平心中的"官商"形象与张謇心中的"官商"是完全相同的，基于他们共同的价值观。

他们的不同点主要在于，对"商"的认识上。张謇从商，怀着一腔救国热情，看到工商业有利于国计民生，可以为国家积累财富，增强国力，对工商业的经营管理之术其实所知不多。当然他可以无为而治，请贤人专家来管理经营，他就是这么做的，并取得了相当成绩。但事实也证明，在企业的战略决策上还是存在问题，以致在风云突变之际，不能未雨绸缪，充分准备，结果不能变危机为机会，一败而不可收拾。企业的成败有许多因素，但关键是人。而人的因素中，关键是领导人。领导人要提高认识新事物、解决新问题的能力，就要不断学习，不断思考，在这点上张謇的自觉程度是不够的。难说是个性问题，思想方法问题，还是受时代条件局限的问题。但胡岱平结合自己从机关干部遵命转身为企业领导的实际出发，选择中间辉煌几十年却不善始也不善终的中国近现代经济史上的代表人物张謇来进行研究，这就完全是有意识的，是"学者为己"。

《老子》说："修之于身，其德乃真；修之于家，其德乃余；修之于乡，其德乃长；修之于邦，其德乃丰；修之于天下，其德乃普。故以身观身，以家观家，以乡观乡，以邦观邦，以天下观天下。吾何以知天下之然哉？以此。"我以前白话翻译这段话为："在个体生命方面修此守藏之道的，他的德行非常实在；在治理家族时修此道的，他的德行就很宽裕；在治理乡政时修此道的，他的德行就很大度；在治理邦国时修此道的，他的德行就很丰厚；在治理天下时修此道的，他的德行就能普施一切。故而，从一个人修持生命的德行，可以看到这个人生命的质量；从一个家长治家的德行，可以看到这个家族的景况；从乡长治乡的德行，可以看到这个乡的状况；从诸侯治邦国的德行,可以看到这个邦国的情况;从君王治天下的德行,可以看到天下的局面。我怎么知道天下的局面好不好呢?就凭这一条。"写这篇文字,我发现以前的白话翻译理解不到位。所谓"修之于",不是到了这个位子上,"在其位",而是假设自己在这个位子上,以对身处这个位子的领导人的要求来约束规范自己,"修"就是"约束规范",就是"为己"。

在"文章"中,他总结了张謇三条经验教训:第一,立志远大,是事业成功的根本所在。实践证明,没有远大的理想,永远不能成就事业;没有献身"商界"的决心,永远成不了企业家。第二,锲而不舍,是每一个成功企业家的必经之路。第三,知人善用,是企业发展的重要因素。失败亦与错误用人密切相关。句句都从张謇的经历中发掘提炼出来,而句句又是"为己",因此能发人之未发。

根据文后的注,此文为华东师大历史系"企业发展与现代化企业管理"研究生课程进修班(1995年10月—1996年8月)结业时所作。而到9年后,2005年12月荣获中国管理科学院人文科学研究所中国新时期人文科学优秀成果评选中获一等奖,被编入《中国新时期人文科学优秀成果精选》。一篇论文在完成9年后被"发现"获奖,有这样埋没不了的旺盛的生命力,我认为奥秘就在他"学者为己"。

看文集,第一印象就是他是勤于钻研的学习型干部。读了《刍议》以后,再去看他的其他论文(他都选得奖作品)、杂文、游记、演讲、启示(札记)、诗词、悟语,无不"为己",因此有价值。我们同时代人可以当小说散文读,会引发我们深层的回忆与丰富的联想。研究者可以当史料看,后生当历史书读。因为他是"为己"写的,所以是有血有肉有心跳体温的真实。如果胡岱平先生有空闲,我建议他去写一部《正常人》那样用兴奋点转移法结构起来的长篇小说,一不小心会得诺贝尔文学奖。当然这样也很好,一个人一生有这样质量的文集已相当好了,因为他是自觉书写自己历史的结晶。这是精神的舍利子。

据说，肉体的舍利子是入地菩萨才可能显的相，精神的舍利子呢？应该更高吧。

我赞叹！

沈善增
2017 年 12 月 28 日于上海

注：沈善增，浙江鄞县人，专业作家。上海市作家协会第五、六、七届理事。第六、七届小说专业委员会副主任。代表作品有《正常人》等。

前言

人事有代谢，往来成古今。才见春色满园，转眼就白雪纷飞，此一年也；才记风华正茂，转间就白发称老，此一甲也。社会发展及人之一生，全仗过去、未来和现在之相联相循。正如李大钊先贤所讲："无限的过去都以现在为归宿，无限的未来都以现在为渊源。过去、未来的中间全仗有现在以成其连续，以成其永远，以成其无始无终的大实在。一掣现在的铃，无限的过去未来皆遥相呼应"。在此思想的感染下，我亦曾对幸福进行了诠释：幸福，在于怀念过去，还在于憧憬未来，更在于享受当下。

怀念和总结过去，的确是一种美妙的思想回访和意识的升华。我从2010起在重点进行企业投资经营和"国学"的学习研究的同时，自觉地进入总结修炼之境。经过几年来的努力，终于形成自勉自励之"文集"样稿，在沈善增恩师和好友的鼓励下，竟然萌生出版分享之愿。此文集是我从1979年至2017年其跨度达38年间的文章汇集，它从不同侧面记录了时代之变迁，反映了行业之特色，表达了奋进之心声。

中华民族在人类文明五千年的历史进程中，很多的圣贤哲人始终以博大包容的胸怀，学习和吸纳世界各国的优秀文化精华；始终以"仁爱、平等、中庸、和谐"为人生观，始终以"修身、齐家、治国、平天下"为价值观，始终以"世界大同，天下一家"为世界观来进行修炼和实践。这种中华文化的精髓，是我们奋斗前进的不竭源泉。我们生长在一个伟大的时代，享受了毛泽东时代的精神哺育，汇入了改革开放的时代洪流,参与了新时代新梦想和"两个一百年"的奋进历程。可以自豪地讲,我们是传承中华传统优秀文化和毛泽东思想的见证者、亲历者和实践者。

在跨越世纪的奋进中,我始终注重把握时代的脉搏,紧跟时代的发展,踏着时代的鼓点起舞。我做过教师和"村官",当过党务领导和驻外"大使",干过企业"高管"和商会"主持"。每一次的转岗既是时势之所需,也是自己应势和顺势而为的选择。实践证明,我在不同岗位、不同的发展阶段,都踏上了时代发展的"鼓点",进行了自觉的历练、修炼和持续的提升奋进。在此,为我们生长在一个伟大的时代而自豪,为我们奋斗在一个伟大的时代而欢呼!

伟大的文学家高尔基曾经讲过:"人的天赋就像火花,它既可以熄灭,也可以燃烧起来。而逼使它燃烧成熊熊大火的方法只有一个,就是劳动,再劳动"。劳动最光荣,劳动真光荣,这是一条通往胜利彼岸的必由之路,是已被实践揭示和证明了的客观真理。我们应该像蜜蜂一样,每天迎着朝阳,唱着歌儿去酿造甜蜜的果实。在我的奋进中,也体现了这种自觉的劳动和持续的耕耘。此"文集",是我写作生涯中自己所写文章之"集合体",是自我鞭策和自我鼓舞的"哈哈镜"。真诚地希望此"文集"的出版能给各位尊者、各位读者,带来分享、联想、感想和借鉴。

胡岱平

戊戌年正月初九于弘语轩

目录

第一章　论文篇 …………………………… 1—61

第二章　杂文篇 …………………………… 63—103

第三章　启示篇 …………………………… 105—138

第四章　演讲篇 …………………………… 139—180

第五章　游记篇 …………………………… 181—197

第六章　诗词篇 …………………………… 199—251

第七章　悟语篇 …………………………… 253—260

第一章 论文篇

发展横向经济联合探讨

（1987年3月17日）

党的十一届三中全会以来，随着对内搞活，对外开放方针的贯彻和改革的深入发展，我国经济建设史上发生了一个个重大突破，其中横向经济联合就是一枚绚丽的花朵。短短几年，遵照党中央关于"发挥优势、保护竞争、推动联合"的方针，横向经济联合从少到多、从小到大，遍及全国。到目前，已初步形成跨地区、跨行业、多层次、多形式的横向经济联合的新格局。这一新生事物，对增强企业活力，促进商品经济的发展，提高经济效益和社会效益，已经显示出巨大的优越性和强大的生命力。正因为如此，它已成为我国"七·五"期间经济体制改革深入进行的一个重要方面。为了使横向经济联合更加健康发展，十分有必要对横向经济联合的理论依据、主要途径、现实作用、引导策略等进行深入的研究，本文则试图就这方面的问题作一初步的探讨。

（一）

任何事物的产生发展都是由其内在的、本质的、必然的联系所决定的。横向经济联合的出现，亦不是偶然产生，而是遵循着一定的理论轨迹，在商品经济发展的客观规律的制约和支配下发展产生的，具有客观的必然性。

首先，横向经济联合是社会生产力发展和社会化大生产的必然要求。人类经济发展史告诉我们，在生产力还不发达，商品经济生产以前或刚刚萌芽的时候，生产的组织形式一般是分散的、简单的，彼此处于孤立的状态。而随着生产力的不断发展，人类社会劳动也出现了愈来愈细的专业化分工。这种分工，既提高了生产效率，又促使生产的各部门必须紧密地协作，有机地联合起来。正是这种联合，产生了系统的、群体的效应，产生出了新的生产力，而反过来，这种联合又作用于生产，推动生产力的向前发展。马克思曾经指出："各民族之间的相互关系取决于每一个民族的生产力、分工和内部交往的程度"，"而且一个民族本身的整个内部结构取决于它的生产以及内部和外部的交往的发展"。同时又说："由协作和分工产生的生产力，不费资本分文，这是社会劳动的自然力"。列宁也曾经指出："资本主义发展到了最高阶层，有一个极重要的特点，就是所谓联合制，即把不同的工业部门联合在一个企业中，这些部门或者是依次对原料进行加工，或者是对另一些部门起辅助作用"。导师们的这些论断，指明了资本主义发展的一个重要特征，揭示出了社会化大生产的一条客观规律，即联合是创造新的生产力，使生产社会化向高级发展的重要途径。在八十年代的今天，更加证明了导师们论断的科学性、正确性，更加证明了加强横向经济联合的重要性、紧迫性。

其次，横向经济联合是由商品经济的基本规律所决定的。《政治经济学》的原理告诉我们，商品经济的充分发展是社会经济发展不可逾越的阶段，整个人类社会经济的发展进程，正是沿着自然经济—商品经济—产品经济的历史顺序前进的。因此，社会主义经济必然是有计划的商品经济，其基本规律仍然是价值规律。而价值规律便对横向经济联合有一种决定作用，它集中地表现在两个方面。一方面，它对经济活动具有调节作用。一是通过供求关系，调节企业产品结构、经济利益和经营方向，调整人、财、物在企业之间的重新分配或组合，亦称之为对企业微观经济活动的调节。二是对国家宏观经济活动的调节。例如经济结构、产业结构、国民经济综合平衡的调节等等。这种调节不是被动的，而是自觉地运用价值规律和市场机制，去调节前一层次，并实现对本层次经济活动的调节。可见，调节是必然的、重要的。而生产组织之间的横向经济联合，就是实现调节的重要形式或主要手段之一。另一方面，价值规律的调节作用恰恰离不开竞争。竞争使市场价值的变化，直接影响到了企业的生产。这样必然使一些企业有利可图，快速发展，使一些企业勉强维生，凑合度日，也会使少数企业债台高筑、亏损甚至关停破产。这个时候，价值规律通过这种竞争便调节劳动力和生产资料在各部门的比例。显而易见，竞争中失败的压力和胜利的诱惑力，自然地构成了企业横向经济联合的内在动力。现实证明，一些优胜企业，不断地表现出一种"扩张"欲望，力图占领更大市场，加倍发展。而一些管理、设备、技术落后的企业，则表现出强烈的生存动机，力图通过各种方式，获得资金、技术和商品的机会，使自己生存下去，获得发展。企业中的这种内部动力和外部压力作用的结果，顺理成章地选择了横向经济联合这一有效途径。

再次，横向经济联合是由我国经济体制改革的目标模式所决定的。我国经济体制改革的目标就是发展社会主义有计划的商品经济，建立一种计划调节与市场机制有机结合的经济体制模式。它的中心内容是：国家决策和计划的重点是宏观经济活动和国民经济的综合平衡，而企业的微观活动则由企业根据市场需求的信息，在国家政策法令和计划指导下自主决定；计划调节和市场机制，国家、集体和个人利益行政手段和经济手段都有机地结合起来；同时在这种模式下，使社会主义所有制的社会结构实现多元化，即在公有制为主体的前提下，允许多种所有制并存，在公有制形式中实行多样化，即国家所有制、集体所有制、联合所有制等等。在每一种公有制内部，又可以有多种多样的经营方式，即所有权与经营权分离组合的各种形态。由于生产力发展的不平衡规律的作用，加上上述多元化、多样化、多形态的所有制结构及形态的变化，多种所有制之间必然存在的互相渗透的趋势，越来越明显，这种情况迫切要求转向联合。由此可见，横向经济联合是经济体制改革目标模式下的必然产物，它是增强企业活力的兴奋剂和内外力结合的一种动力，是实现改革目标模式的有效途径。

（二）

在横向经济联合的途径和形式的探索中，各地都有一些好的做法和经验。目前，有跨地区，跨行业的联合，有全民、集体各种所有制之间的联合，有军工企业和民用企业的联合，有城市和乡村的联合，还有工业企业与大专院校、科研单位的联合，等等。分析归纳起来主要有以下几种：

第一，各级政府出面组织的区域性经济联合。在农村和城市经济体制改革的推动下，过去那种单纯的物资交换逐步向经济联合、技术协作、物资支援、人才交流的协作发展，且规模越来越大。近两年来，山西省、地、市、县各级与外省经济技术协作项目共有五百八十余项，引进资金三亿七千多万元，其中一九八五年就引进二亿八千多万元。完成项目五十九个，所增产值一亿零八百多万元，税利三千多万元。地处我省北部的天镇县，由于县委、县政府高度重视，措施得力，两年来，全县有十八家企业同山东、江苏、北京、天津、河北等十三个省市的三十多家企业进行联合，引进资金二百一十万元、钢材三千五百余吨以及很多技术和人才。通过联合，新上了石墨电极、铁矿等四个新项目，改造了十一个老企业。这样，去年新增产值达到一千二百多万元，增加利税八百五十余万元，效果十分显著。

第二，企业和企业之间的经济联合。企业之间的联合形式更多，效果更为突出。联合的总原则是互利互惠，互促互进。但在具体的工作过程中，都是根据不同的情况不同的目的进行联合。有的为保其充足原料供应进行联合。如大同市电焊器材厂年计划生产焊条五千吨，但原料全靠市场采购，均衡生产无法保证。为保证原料（钢材）均衡供应，从去年起和首钢联合，平价购进钢材，创造利润四六分成。有的为解决资金紧张的燃眉之急，引进资金而进行联合。例如，大同市碳素厂，1985年集体承包且恢复生产后，人财物全面紧张，他们便和机械工业部材料总公司搞联合得到资金160万元，然后用产品（碳棒）偿还，每吨让利对方一千七百元，结果双双起飞。1986年碳素厂盈利272万元，材料总公司亦得利50余万元。还有的是为学到先进的管理技术而进行联合。例如，忻州地区玻璃厂是1958年办起的一个老企业，由于技术管理落后，长期亏损，便与技术力量雄厚的青岛晶华玻璃厂联合，先后生产出多种新产品，产品的合格率由过去的百分之六十九提高到九十六，并成为盈利大户。还有的是以名优产品为核心，以满足市场需要进行的联合。如杏花村汾酒厂，近年来发挥自己的优势，先后和孝义、方山、文水等县酒厂联合，生产出北方烧等优质酒，既使汾酒厂实力大增，又帮助了一批濒于倒闭的企业摆脱了困境。

第三，企业和大专院校科研单位的联合。这是科研和生产联系的最紧密的实践，同样是解决科研生产"两张皮"问题的最好办法。大同电焊器材厂同太原工学院的联合可称之为典型的案例。联合后，厂技术人员分期分批到工学院学习，工学院焊接专业的学生分批到工厂实习。同时，学院负责产品配方实验研究，提供新产品，厂方向学院支付一定费用。短短几年，使该厂如虎添翼，贡献突出。1985年创利一百一十万元，全省218家机械行业企业名列第二。此外，闻喜县玻璃厂同西安轻工学院合作，研制了一种防辐射肥皂，也很有实用价值和广阔前途。这种科研和生产的联合，既使科研技术尽快地转化为生产力，也为科研部门提供了研究的新课题。

第四，城市和乡村的联合。这种联合既是解决企业场地、资金、劳力不足的好办法，又是使农民脱贫致富的好途径。例如祁县酒厂和乡镇企业的联合就很有说服力。这个厂生产的"六曲香"，多年来一直供不应求。1984年国家投资五百万元，扩大一千吨的生产能力，结果搞了三年。去年，这个厂同三个乡镇企业联合，由对方提供场地、劳力和资金，同样扩大一千吨生产能力只投资80万元，并做到当年投资，当年建设，当年投产。这样，既扩大了祁县酒厂的生产能力，又安排农村劳力一百二十多人，转化粮食五百五十多万斤。每年农民可增加收入二十万元，酒厂可获利五十万元，国家可增加税收一百二十万元。

（三）

横向经济联合，之所以受到我国各行各业的重视与支持，根本的原因是这一新生事物，适应了改革发展的新形势，对于增强企业活力、提高经济效益、社会效益具有举足轻重的现实作用，具有广泛而深刻的优越性。

第一，横向经济联合使企业有了自主发展新的支撑点。横向经济联合的出现、形成、发展，逐步地冲破了传统的生产管理模式，打破了条块分割、各种所有制间分割以及地区间的封锁，促进企业实现了由封闭型向开放型的转变。从此，各个企业经营体系、技术改造、市场开发等方面摆脱了传统观念的束缚，采取了新型开放式的经营方法，大大地增强了应变能力和竞争能力。事实证明，横向联合救活了一批企业，维持了一批企业，发展了一批企业。这种局面，正是横向联合作用下企业自主决策经营所带来的必然结果。

第二，使各方面的优势得以发挥。横向联合的发展，有力地纠正和克服过去政企职责不分，整个经济活动都靠行政手段指挥的落后体制和方式，从而使各地区、各企业能够根据自己的情况和客观的经济规律，独立自主、纵横发展联系地进行经济活动，达到了发展优势、克服弊端的目的。从省际间的联合看，山西资源丰富，有很大优势，但管理和技术比较落后，建设资金紧张，这种局面仅靠自我奋斗不能解决。而对享有技术管理优势的省市来说也有其资源匮乏、人口密度大的劣势。二者一经联合，通过资金、技术、人才、物资以及信息的交流，各自的优势便发挥出来，双方都受益。

第三，使城市经济的辐射力增强。一般来说，城市在技术、人才、流通信息等方面具有优势，而乡村正急需人才、技术。在横向经济联合中，充分发挥城市优势，便可以促进企业在资金、设备、技术、人才等方面的合理交流。通过城乡联合，生产过程的各要素都可以得到合理的开发和利用，使城市真正成为开放式的经济网络和枢纽，从而加速以城市为依托的国营、集体、个体经济的全面协调发展。祁县酒厂和乡镇的联合扩建发展可以说是一个有识之见、有胆之举、有依可推的正确道路。

第四，使经济效益、社会效益明显提高。通过横向经济联合，所得到的效益是明显和有目共睹的。其一，国家、集体、个人都受益，企业盈利成倍增长。大同电焊器材厂由于联合六年迈了三大步，1981年亏损四万元，1984年盈利六十六万元，到1986年盈利一百一十万元，1987年预计达到二百多万元。其二，多年来在解决"大而全""小而全"的过程中，出力不小，但效果不大。通过联合走出了改变"大小而全"，实行专业化生产的新法子，有利于产业结构的调整和地区经济的合理布局，有利于克服重复设计、重复生产，不管效益，只图方便而造成的浪费。某种意义上，横向经济联合是引深双增双节运动的最有效途径。其三，横向经济联合的出现和发展，在企业隶属关系、所有制结构、计划、流通等体制方面必将引起新的变化，它势必影响和推动上层建筑和生产关系的改革，这将带来无法估量的变化。

（四）

综前所述，横向经济联合的地位、作用是肯定的，应大力地赞美，积极地发展。但是，在发展过程中，它同许多新生事物一样，不可避免地会存在某些缺陷和不完善的地方。我们一定要坚持看本质，看主流，进行深入的调查，认真的探索，使横向经济联合的道路越走越宽广。当前，各级领导以至做经济工作的每一位同志，都要保持清醒的头脑，注意实行正确的引导策略，在巩固已经取得成绩的基础上，使横向经济联合取得新进展新突破。

首先，要加强教育，使人们的认识跟上联合的步伐。从发展横向经济联合的实践中可以看到，有些同志的思想认识还不够高，行动还不够自觉积极。比如，有的仍然抱着狭隘的地域观念和部门观念，限制资金和原材料的外流，搞地域保护主义；有的仍然把企业当成部门和地区的附属物，担心联合后失权丢利不方便，因而以种种方式阻挠，或者争当"中心"，只想"联进来"，不想"联出去"；有的借联合之机为单方利益或个人利益而违反政策，违反纪律，搞不正之风等等。解决这些问题的根本方法就在于进行深入的思想教育。要进行横向经济联合地位、作用及重大意义的教育，使人们认清联合的重要性、迫切性，彻底摒弃传统的、封闭的小农经济、自然经济的思想影响；要进行联合现实作用、成果的教育，使大家坚定联合的信心；要进行遵纪守法、廉洁奉公的教育，使大家自觉遵守法律、纪律，做实现联合的促进派。

其次，要注意引导，使经济联合更加深入发展。其一，要通过平等的竞争，促进联合，并通过联合实现产业结构的合理化。过去资本主义国家通过"大鱼吃小鱼"，通过资本的集中积累来调整产业结构。我国过去是采取行政的办法，有的发展，有的关、停、并、转，但不解决根本问题。现在应该把企业竞争的基础调整好，在平等基础上开展竞争，促进发展、鼓励联合、淘汰落后，从而使生产力达到更合理科学的结合。这既是联合的深入，亦是改革的深入。其二，要坚持自愿的原则，进行自由的联合。联合的形式、内容要由企业自由决定，决不能强迫、命令。各级领导机关应该积极地推动联合，但不要图形式，追求数量，更不能"刮风"。要特别注意不要使新的经济联合变为公司的性质，前几年，行政性公司带来过深刻的教训，决不能重演。其三，各行业应大力提倡行业管理，注意引导组织专业性群体发展。在进行横向联系的同时，注意发展纵向的联系，使企业置于纵横经济联合中，在内因和外力的作用下，在行业系统飞快的运动中，求得深入发展。

再次，努力探索，使有关方针对策更加适应横向经济的联合发展。随着横向联系的发展，现行许多政策不能适应。在税收上，对协作件的销售税尚未视为在制品对待，重复征税现象仍然存在。同时，在价格和物资供应方面也仍然存在不少问题。尤其在资金来源、利益分配等方面缺少灵活优惠的政策。这些问题不同程度地阻碍和影响着横向经济联合的发展。因此，应该建立一些地方性法规，对投资保护、税收、发生纠纷后的调解和仲裁、违约赔偿等问题做出明确规定。鉴于目前的横向联合具有范围广、跨度大的特点，各级政府以至"人大"机关也应对横向经济联合做出规定，从根本上保证联合的发展。同时，各级计委、经委要在具体工作中予以支持，为联合大开绿灯。

注：此文为山西省委党校省直分校培训班《政治经济学》课程之论文。

试论企业思想政治工作与管理工作"相交圆"结构模式

(1987年5月16日)

企业思想政治工作与管理工作,是既独立存在,又相互联系、相互渗透的辩证统一体。但是,在实践的过程中,对于二者关系的认识和处理,仍然缺乏一种具有指导和制约的模式。要么政治高于一切,大于一切,忽视企业管理工作;要么"改造"淡化党在企业的思想政治工作,有的只提企业管理中的思想政治工作,更有的甚至提出了用行为科学和心理科学代替企业思想政治工作的观点。尤其是解决"两张皮"问题,成了一个难以攻克的堡垒。为吸取历史的经验教训,更好地适应改革开放新形势的需要,十分有必要从理论和实践的结合上研究探索二者的内在联系及其结构特征。为此,本文试图提出一种"相交圆"的结构模式,并通过对这种模式的描述和论证,来揭示企业思想政治工作与管理工作的本质特征及其在实践中的指导作用。

(一)

"相交圆",是两圆相交后构成的几何图形。它反映着甲事物与乙事物所占居的平面位置以及二者既独立存在,又相互联系的辩证关系。企业思想政治工作与管理工作的关系与相交圆结构具有明显的相似性。

企业思想政治工作与管理工作的相交圆结构模式,反映了企业思想政治工作与管理工作是一种既有严格区别,又有密切联系,互为条件,互为

促进的关系。它可用图一表示

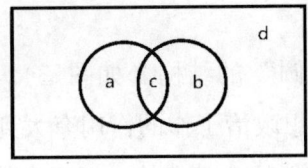

图一

a 表示企业思想政治工作区。标志着它的二重属性，即企业思想政治工作是党的工作的一部分，是社会主义精神文明建设的重要内容，既有规范企业发展方向的功能，也对发展生产、促进生产起着动力和保证作用。

b 表示管理工作区。标志着管理工作的"双重性"。不仅要下功夫加强对生产经营的组织、协调、指挥；同时要重视对人的管理，做好生产经营过程中的思想政治工作。

c 表示重合工作区。可表述为以生产为中心，思想政治工作的保证促进区。它标志着企业思想政治工作与管理工作在这一区域内必须目标一致、协调配合、共同努力、全面发展。

d 表示总体格局区。主要指企业思想政治工作与管理工作，这两种不同性质的科学，必须置于企业物质文明建设和精神文明建设的总体目标、总体格局之中，使二者在总目标一致前提下的独立发展，而在统一工作区的合一、同步的共同前进。

企业思想政治工作与管理工作的这种"相交圆"结构模式，对于澄清人们在这个问题上的种种糊涂认识，对于从根本上解决"两张皮"问题，将会有一定的帮助和启示。

首先，它否定了"相离圆"的存在（如图二）

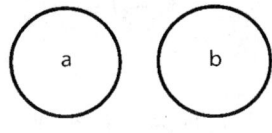

图二

在思想政治工作的实践过程中，曾经有过错误地把思想政治工作与管理工作作为没有实质联系的独立事物来对待的现象，表现在工作中，就是只讲自我发展，不管联系前进的各管各、各顾各的"两张皮"，这个教训是很深刻的。

其次，摒弃了"包含圆"的结构（如图三）。"文化大革命"中，以阶级斗争为纲，把企业思想政治工作的作用夸大到不恰当的位置。思想政治工作处于"高大帅"的地位，其他的一切都为其服务，无论是从指导思想还是从具体工作，都忽视了企业管理工作。

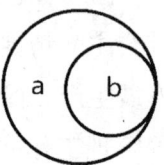

图三

另外，还有一种"反包含"的错误格局（如图四）。前几年，由于受"改造"论的影响，企业党组织被放弃了对思想政治工作的领导责任，从理论到实践淡化了思想政治工作，使企业思想政治工作失去了政治性和方向性，只是变成了生产的保证和促进作用，最后导致了思想领域的极大混乱，教训记忆犹新。

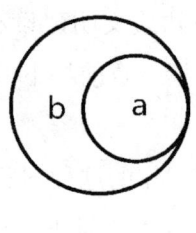

图四

（二）

企业思想政治工作与企业管理的"相交圆"结构模式，揭示了思想政治工作与管理工作的内在的、本质的联系及其相互作用的规律，它客观地表现出了这种模式的基本特征。

第一，反映了根本区别。

企业思想政治工作与管理工作，是两个不同质的事物，是各具内在规律的科学。因此，二者具有相对独立性和不可替代性。

企业思想政治工作，是党在群众中的思想政治工作。它是在革命根据地建立公营企业以后，把党的思想政治工作运用到企业中并同企业管理结合，逐步建立和发展起来的。而企业管理则是共同劳动的产物。马克思说："一切规模较大的直接社会共同劳动，都或多或少地需要指挥，以协调个人的活动"。可以说，不论任何的社会形态，只要有共同劳动，就需要管理。

从性质看，随着生产力的发展和革命的进程，当代的企业思想政治工作已发展成为有独立的研究领域和对象，有自己的发展规律，并体现着理论性、思想性、政策性和群众性的综合学科。它属于上层建筑的政治和意识形态范畴，其内容具有鲜明的党性和强烈的阶级性。而企业管理，是一门横跨社会科学和自然科学的边缘科学，具有自然科学和社会科学互相渗透的特点，它是从生产过程的社会劳动或共同劳动的性质所产生的职能，属于在一定生产关系的条件下合理组织生产力的范畴，具有与社会化大生产相联系的自然属性，也有同社会制度相联系的社会属性。

从根本任务看，思想政治工作，主要是通过对企业广大党员、干部以及全体职工进行以马列主义毛泽东思想为主题的方向性教育，提高他们对本阶级所处地位和历史责任的认识，增强认识世界和改造世界的能力，建设过硬的"四有"职工队伍。而企业管理，主要是对企业的生产经营活动通过计划、组织、指挥、督促、调节来保证企业生产任务和各项经济技术指标的全面实现。从工作主体看，前者主要通过党务干部和群众干部进行工作，而后者主要依靠行政干部以及各类业务技术人员。

第二，表现了密切联系。

"相交圆"结构模式，是将企业思想政治工作与管理工作作为"两个文明"建设的大系统中的子系统而研究的。它是企业发展的"双翅"和"双轮"，是推进企业两个文明建设的重要保证。它们之间必然地存在着一种密切的、内在的联系。而这种联系则突出表现为二者之间相互依存和相互促进。

企业管理中包含着思想政治工作的内容。讲企业管理，既要讲"硬件"管理，又要讲"软件"管理。如果离开了对人的管理，一切的管理都只能是空谈。所以，任何一门关于企业管理的书籍都包含着思想政治工作的内容，都要研究对职工思想的教育与引导。这完全符合马克思主义的哲学原理。历史唯物主义告诉我们，生产力包括以生产工具为主的劳动资料、劳动对象和从事物质资料生产的劳动者。在生产力和诸要素当中，劳动者起最根本的主导作用。实践证明，劳动者始终是生产力的主体，离开劳动者的劳动，所有劳动资料都是一堆死东西，不能成为现实的生产力。正如列宁指出："属于人类的首要生产力就是工人、劳动者"（《列宁选集》第三卷第843页）。但是，作为生产力主要要素的劳动者，他的智力、技能、体力和政治觉悟，不是自发产生的，而是通过强有力的思想工作、管理工作，并经过长期不懈的努力而形成的。这就从根本上决定了企业管理，既要重视对事物的管理，更要重视思想政治工作，全面提高管理者以及全体职工群众的政治素质、业务素质和技术素质。这同时也为行政人员落实岗位思想政治工作责任制提供了理论依据。

同样，企业思想政治工作对企业管理也起着保证促进作用。思想政治工作是一切经济工作的生命线，这是被实践证明了的真理。离开了思想政治工作，企业发展就会遭受挫折。前两年，淡化思想政治工作的政治性，偏重于经济手段，"以罚代管，以奖代教"的教训，应该吸取。因此，企业思想政治工作，一定要以生产为中心，做到生产、管理的全过程，既起到导向作用，又发挥保证功能。但是也应该指出，"生命线"不是"万能线"，思想政治工作要发挥作用，也需要管理工作配合和支持，应该做到经济手段、行政手段在思想政治工作中一起用。

第三，体现了重合统一。

应该指出，企业思想政治工作从内容看，一方面要进行方向性、正规性和系统性教育，比如马列主义、毛泽东思想，共产主义人生观和社会主义道德风尚，爱国主义和国际主义，党的路线、方针、政策和形势任务，坚持四项基本原则反对资产阶级自由化等教育，也就是（图一）a区的工作内容。另一方面，则是直接性和群众性的思想工作，也就是做好生产经营过程中的思想政治工作，主要教育干部职工树立社会主义的劳动态度和主人翁精神，树立正确生产经营思想、作风，组织开展多种形式的劳动竞赛和"学先进、赶先进、超先进"活动，解决生产分配过程中的各种矛盾，协调各方面的人际关系等等。这集中体现在（图一）c 的区域。它和企业管理中讲的思想政治工作，构成了完全重合统一的工作区域——生产分配过程中的思想政治工作。

据企业典型调查分析，职工日常思想问题大致可分为四类：（1）表现在生产工作中的约占 40%；（2）表现在工资、奖金、住房等福利待遇和物质分配方面的约占 30%；（3）表现在入党、入团、评先、提职等个人荣誉方面的约占 10%；（4）表现在恋爱、婚姻、夫妻邻居关系方面的约占 10%。这表明对职工日常的思想工作必须抓紧，而重点是生产过程的工作。解决这些问题，从根本上来说，要靠提高政治素质，使职工树立崇高的理想追求，坚定的革命信念，良好的道德风尚和无私的奉献精神。从具体来讲，则要靠政工干部和行政干部的通力合作。在坚持政治思想工作结合生产经营活动一道去做的过程中，各级政工干部应增强主动性、积极性和创造性；以厂长为首的行政干部，则应进一步落实好岗位思想政治工作责任制，自觉地履行自己的职责。无论是政工干部，还是行政干部，都要按照尊重人、关心人、体贴人、理解人的原则，用民主的、疏导的方法，把职工的思想引导到为振兴企业献计出力上来。

（三）

"相交圆"的结构模式，不仅回答了企业思想政治工作与管理工作的本质联系，而且对于正确认识和处理二者主体工作队伍的地位作用及其相互关系，具有一定的指导作用。根据这一模式的内在要求，从事思想政治工作的政工干部和从事管理工作的行政干部，应尽职尽责地分别做好 a、b 区的工作，而在统一的 c 工作区，则要齐心协力共同努力，并且在相互的理解、交流和工作中，注意把握四点：

第一，在指导思想上确立互相依存的观念。无论是政工干部，还是行政干部，都是党的干部，都是搞好企业不可缺少的重要力量。在企业跳"独角舞"，唱"独角戏"，是没有前途的。因此，厂长和行政人员应明确，企业要兴旺发展，不能没有强有力的思想政治工作，从而积极自觉地去做好。党委和政工干部要认识到，做好思想政治工作不能"单打一"，更不能"空对空"两张皮，要动员和组织全过程，全方位和全员化的思想政治工作，讲真话，办实事，不断提高思想政治工作的科学性和感召力。

第二，在具体工作中互通信息。应通过座谈讨论，参加会议等多种形式和多种渠道进行传递和沟通。一方面，政工干部要主动参加厂长方面的会议和大的活动，掌握生产动态，了解厂长的设想和计划。要深入到生产第一线了解职工的意见、建议和要求，并将了解的情况及时向厂长及有关部门通报。厂长以及行政各级负责人，也应常同政工干部谈政策、谈生产和分配中的设想、问题及发展前景，并提出思想政治工作的课题、建议和要求，从而使两个体系的工作保持内在联系和相互渗透。

第三，在自身素质的发展中进行跨领域学习。这是相互渗透的重要条件。思想政治工作有很强的党性和实践性，它既是科学，又是艺术，并且有自己特有的特点和规律。企业管理知识，也是一种潜在的生产力，认真学习掌握同样十分重要。因此，各级干部应特别注意跨领域的相互学习。政工干部除认真学习好思想政治工作这门学科外，还要特别注意学习本企业生产经营方面的知识，变外行为内行，进行扎实有效的工作。以厂长为首的行政干部，则应在精通企业知识的同时，注意学习研究思想政治工作的规律和方法，提高做思想政治工作的能力、技巧，增强事业心和责任感。要提倡争当本专业的专家，争做跨领域的内行。

第四，在共同交流中相互支持。政工干部应注意研究新情况，总结新经验，用理论成果指导实践。对改革承包应注意提供正确的理论依据和有效经验；对取得的成果，应注意总结推广；对发生的问题，应注意正确导向并研究分析解决途径；对厂长制定的生产管理中的重大措施，应注意引导职工积极贯彻。厂长以及各级行政干部，应对政工干部一视同仁，并为思想政治工作开"绿灯"，在人力、物力、财力方面为开展思想政治工作创造良好的物质条件,使其得以健康发展。

通过以上分析,我们可以得出一个基本的结论:企业思想政治工作与管理工作,既独立存在、独立发展,又互相依存、互相作用。做好生产经营过程中的思想政治工作,是党务干部、行政干部以及群众干部的共同任务。企业中不做、不会做思想政治工作的厂长和行政干部,不是一个合格的干部;而不懂企业管理,不做、不会做生产过程中的思想政治工作的政工干部也不是一个好干部。因此,要大力提倡企业的每一个干部,既当合格的企业管理家,又做优秀的思想政治工作者。

注:此文完成于 1987 年 5 月,为山西省委党校省直分校培训班脱产学习两年的毕业论文。此文被山西省职工思想政治工作研究会《会刊》1991 年第二期(总计 47 期)和北京铁路局《京铁质协》杂志 1992 年第 1 期刊登。同时被评选为北京铁路局优秀政工论文、北京铁路局质量管理优秀论文。

一步领先，步步领先

——"兰生"集团成功之道

（1997年5月21日）

上海市兰生（集团）股份有限公司，目前已经成为上海以至全国闻名的外贸大集团公司。兰生集团的前身是"上海文体进出口公司"，1983年初创建时，全部资产为715万元人民币，出口创汇在上海市排名第13位。如今的兰生集团，资产达到6亿多人民币，在上海专业外贸公司创汇大户的排行中，名列季军，并且成为上海外贸系统第一个股票上市的集团公司。尤其是1995年，通过灵活的资本经营，集团成员企业由4家增至8家，集团的总资产和净资产分别比1994年增加了30.4%和43.5%。

兰生集团的成功，受到了广泛的关注和赞誉。1996年春节，国务院副总理吴邦国为兰生公司题词："霜叶红于二月花"。同时还高兴地写道："在外贸企业普遍不景气的情况下，兰生公司一枝独秀，盈利8000万元，且净资产增长43%，实在难能可贵"。上海市市长徐匡迪也于1996年4月10日来到兰生公司，称赞兰生公司是上海外贸企业的"排头兵""带头羊"。

兰生公司，经过科学、苦心地经营，取得了长足的发展和累累的硕果，13年间资产增加了84倍。如此的增长速度和发展规模，真让人赞叹！那么，其成功经验和奥秘是什么呢？笔者经过调查研究，就兰生集团经营管理中的成功之道，归纳为如下四点：

一、第一管理者是办好企业的关键所在

实践证明，第一管理者对企业的生存和发展起着至关重要的作用。兰生公司的成功充分说明了这一点。我们应该崇拜在市场经营中游刃有余的大亨，比如李嘉诚、比尔·盖茨等世界级名人的成功业绩。但更应该欣赏在日新月异的社会主义市场经济中成长起来的优秀企业家——兰生集团公司总经理张兰生。张兰生"精明过人"，具备了一个成功企业家的基本素质。张兰生祖籍宁波，历来以"思想解放，不等不靠，超前谋划，敢冒风险，锲而不舍"著称商界。他最钟爱的一句人生格言是"一步领先，步步领先"。

张兰生"金色生意经"有赖于他的"金点子"。他身边搁着一个小本子和一支笔，哪怕睡觉，也放在枕头边，他喜欢用自己的大脑，静静过滤生活和事业上的每个关键环节，佳思忽来之际，哪怕已熄灯安寝，也要把想法记下来备用。这些想法经深思熟虑便成为"金点子"。

他源源不断地制造着"金点子"，犹如千军万马，推动他的事业成功。在《对外经贸进出口企业全面质量管理》第五章第 34 条有一款是张兰生的"私人专利"：《以外销合同为中心的经济核算制》。这在 80 年代可谓惊人之举，他率先以此否定了"只做不算"的外贸计划经济模式，大胆提出了"算了再做"，把"经济效益"放在第一位。正是靠了这个"经济核算制"的"金点子"，兰生公司从起步之日就走上市场经济的快车道，与计划经济"拜拜"了。

张兰生是"大老板"，但很注重严格管理，厉行节约。集团开业，没有举行任何形式的庆典仪式和活动。张兰生经常说："公司效益一半是靠做出来，一半是靠省出来"。每年出国洽谈业务，可派可不派的团组他坚决不派，能合并组团的决不单独组团，去年仅出国一项，就省下费用 105 万元人民币；公司使用国际长途电话联系业务，提倡用传真代替；职工每人的电话都自定密码，费用承包；寄发邮件，尽可能选择价格低廉的邮寄

方式,这样每年可节省邮费上百万元。

张兰生还具有强烈的社会责任感。他对社会公益事业和教育事业常常慷慨解囊,全公司先后捐赠了300余万元。上海筹备社会帮困基金,兰生公司第一个带头捐款100万元。对此,张兰生也有自己的"金点子"在内:"对社会做出义不容辞的贡献,代表了兰生公司形象,这笔钱是最最有用的广告费"!

二、推陈出新是企业发展的重要法宝

推陈出新是一个企业经久不衰的活力源泉。产品新,企业兴;产品陈,事难成。古今中外企业的兴衰发展无不遵守着这一规律。兰生集团在这方面下了很大功夫,取得了新鲜经验。兰生公司的海外市场一经打开,仿造兰生产品,开展低价竞销的企业就从全国各地冒了出来。对此,张兰生看到事物积极的一面,他认为"我们公司的一个产品,别人仿造的厉害了,说明这个产品的生命周期就快面临结束,不必再花精力去和别人纠缠不清,我们要当生命源泉来珍惜的,是上上下下开拓新产品的创造力和想象力"。他的思路造就了兰生公司"花色品种求新"的战略,人无我有,人有我新。在每年的华交会上,兰生公司推出的外销品种,更新率都始终保持前列。产品的更新换代离不开科技,兰生公司坚持做到了三个倾斜:新增投入向高投资回报领域、高新技术产业、高附加值产品倾斜。公司与市科委和工业部门经过合作研制,先期投资5000万元新建的高尔夫系列运动器材厂一期工程,已于去年11月份全面建成投入生产,产品远销海内外。

在坚持产品创新的同时,兰生还追求思维和经营方式的创新。兰生公司是"阿迪达斯""威尔逊"等国际名牌产品的加工生产公司。别人看到的只是外国品牌进入我国市场,但张兰生还有更深的认识,他意在让国际名牌厂商看清兰生的实力,结成互利的合作伙伴,为"兰生"走向世界市场找到强有力的"外援"。想别人所未想到的,"搞外国名牌定牌生产"

是张兰生发展企业一个成功的高招。

推陈出新，对兰生来讲，还包括了新市场的拓展。兰生集团对开发新市场有超常的"预警能力"。1988年，苏联和东欧市场是兰生公司的重要市场，出口额占到整个公司年出口额的25%，但他从国际形势的千变万化中嗅到了一丝危险的气息，在1987年就发出了预警信号，为避免风险，全公司抓紧实行市场战略转移，重点开拓欧、美、日、澳市场，经过艰苦努力，公司对这些国家的出口每年平均以30%的幅度递增。1990年，东欧剧变发生后，许多进出口公司对"苏东"贸易急降为"零"，损失惨重。而兰生公司由于早有预见，未雨绸缪，平稳地迎接了市场巨变，出口持续增长势头不减。超前谋略使兰生公司时时处于主动领先的状态。

三、"铀变"经营是财富积累的有效途径

保守经营，只能得到保守利润；"铀变"经营，就能突飞猛进。在当前资金普遍紧缺的形势下，如何盘活资产，通过存量资产的流动和重组，以资本为纽带，使财富像铀裂变一样呈几何倍率增加？这是摆在当今每个企业家面前必修的课题，用活用好资金，企业前途无量；而不会理财的经营者，终将被市场经济淘汰。兰生集团在资本的"铀变"经营中起到了榜样作用。

为搞活企业，张兰生拿出了"盘活存量三步跨，整体规模上台阶"的大行动。首先吃下大柏树地区的"宾馆之珠"——四星级"富豪外贸大酒店"60%的股份，更名为兰生大酒店，大刀阔斧实行改革，辞退"大口吞金"的境外管理机构，大幅度减少"薪金吓死人"的外籍管理人员，要求酒店放下"四星级"架子，实行薄利多销，加强成本核算，紧缩各项开支，过去酒店的顽疾症连根拔除，经营利润比上年同期猛增70%。去年7月，兰生公司又以"20年一跳"的远大眼光，兼并了被列入当年本市50家"解困企业"之一的上海扑克牌厂，兰生公司的控股兼并步伐越迈越大。事实证明，兰生把钱花在了刀刃上，每个控股兼并的企业，经过调

理，都开始变为"生蛋鸡"，进入良性循环，而兰生集团就此实现了国有资产的大增值和企业的大发展。

四、知人善任是企业兴旺发达的重要保证

人才是成功之本，知人善任是企业发展的重要保证。一个成功的企业，无一不是有一批甘愿献身事业、精明能干的人才，兰生公司亦是如此。张兰生在用人上有严格的标准，他把人分成"可信又可用，可用不可信和不可信不可用"三种区别对待。要在兰生的干部队伍中站住脚，"廉洁奉公，事业为重"的素质少不了，自家开的兰生大酒店，谁也不会因私事去唱一次歌，洗一次澡，哪怕喝上一杯咖啡。公司的礼品陈列室里陈列着很多干部职工上交的礼品。兰生的干部出国办事，也是急着往回赶，十多年来，干部们去了美国无数次，竟没有一个人顺道旅游去过夏威夷。按规定回国可在香港停留7天，也没一个因私停留过。只要是当天24时以前回到上海的，不管有没有时差，第二天一早，必定出现在办公室里。

对企业发展有用的人才他大胆破格起用，从不讲资历、辈分。嘉兴博海集团的总经理沈宝都是个能人，在全国纸品行业里已脱颖而出。张兰生爱他有才，不但将嘉兴博海集团控股于公司属下，而且破例将沈宝都的户口和人事关系全部迁到上海兰生集团。宝都喜有用武之地，果然出手不凡，销售量猛增，突破1亿元人民币。张兰生还起用30多岁的两位年轻人，他们使出浑身解数，受到职工的称赞。他对所谓"历史上有问题"的人，坚持历史唯物主义和辩证唯物主义的分析，对犯过错误、经过考察并已能认识改正的，逐步加以重用。这批人给公司的发展立下了汗马功劳。

兰生的干部在任时都能用足权。他每科只设一名科长，不设副职，杜绝了扯皮，使干部不能没有责任感；兰生的干部，不坐"铁交椅"，指标完不成，别人比你行，就要让贤。10多年来，兰生的干部上上下下，人变，业绩劲升势不变。张兰生一手将人的才干调动起来，一手又把人的精神境界塑造上去，使他周围的人和他一样富有战斗力和创造性。

兰生集团是在社会主义市场经济大潮中发展起来的成功企业的典范，它新颖的经营思想，严格的管理手段，对资金的灵活运用，知人善任的用人之道等一系列成功经验，值得我们学习和借鉴。兰生集团必将具有辉煌的明天。

注：此文于1997年5月完成。为华东师大历史系《中国企业史》课程论文。此文由黄逸平、张平宇编著，中国纺织大学出版社出版《中国知名企业经营管理剖析》收编为第二篇。

张謇"弃儒从商"刍议

(1997年8月29日)

张謇,中国近代史上鼎鼎大名的儒商。在当时的历史条件下,他放弃人人艳羡的仕途之路,步入商界进行发展,实在令人难以置信,又让人敬佩不已。他事业的辉煌和最后的衰落,不得不引起我们的深入思考。

一、立志"下海",是事业成功的根本所在

实践证明,没有远大的理想,永远不能成就事业;没有献身"商界"的决心,永远成不了企业家。

张謇1853年出身于江苏海门一个富农兼小商人的家庭,5岁入私塾,16岁中秀才,21岁时出外谋生,曾在清军统领吴长庆幕中办理公文,以办事干练著称。他随军驻守过登州,还到过朝鲜,亲眼看到列强入侵,"国势日蹙",他替吴长庆草拟了一个关于时局的条陈,主张革新时弊,却被北洋大臣李鸿章斥为"多事"。他感到"人微言轻",1884年退出清军,重走科举的道路,1885年中了举人。他3年一次地赴京参加会试,到第四次即1894年4月,方才中了状元,授官翰林院修撰。

就在这年7月,中日甲午战争爆发,清军惨败,李鸿章经营多年的北洋水师全军覆没。他上书痛斥李鸿章"战不备,败和局"。在中状元之前,他就已在改良主义思潮的影响下,萌发了国家强盛"须兴实业,其责任须士大夫先为之"的思想。这时他更加感到,"求活之法,唯有实业"。但要办实业,和那批"不足为谋"的京官大吏在一起,是无法施展抱负的。他

便毅然辞官，回乡筹办实业和教育。好心人为他惋惜，更多的人耻笑他"弃本逐末""违背圣训"，他却庄严宣布："士生今日，固宜如此"。办实业，救国家，是知识分子应该走的正路。

正在这时，两江总督张之洞，鉴于洋务运动以来的官办实业已穷途末路，官督商办也四处碰壁，便委托张謇分别在南通、苏州、镇江创立商办的纱厂。张謇欣然接受，于1895年7月开始创办大生纱厂，从此步入了弃儒经商的事业。

二、锲而不舍，是每一个成功企业家的必经之路

创办实业，经商发展，其艰难人所共知；弃儒经商，其创业艰难更是难以想象，唯锲而不舍是成功之母。

创办南通唐家闸大生纱厂之时，他把一切想得很顺利。南通盛产棉花，又是水陆码头，再加上张之洞的支持，很快就可以办起纱厂，利用得天独厚的优势发展纺织业，和列强争一日之长。但张之洞分给他名下的资金，只有区区2000两银，连盖厂房也远远不够。本来就是"商办"，官不管就找商人。他兴冲冲地邀请上海、南通的6名富商，组成"沪通六董"，拟定了先招股60万两银，置纱锭2万的办厂计划。不料，厂址选定以后，招股却毫无着落。资金充裕的沪董一毛不拔，其中两个人甚至宣布退出，因为他们不相信张謇这个读书人能办成让他们赚大钱的工厂。

商办计划变为泡影，张謇并没有灰心，他又转而乞求官方援助。正巧，张之洞丢弃在黄浦江边的4万多纱锭苦于无人承购，张謇即同江苏商务道台桂嵩庆商定，将这批"官机"折价50万两银子作为纱厂股金，另招商贾50万两银，官、商合股办厂。张謇再次到上海招股时，正碰上一股纱厂"倒闭风"。华商们嘲笑张謇"不识时务"，对于他的求助不是"笑而不答"，就是"掩耳却走"。

纱厂"倒闭风"，是外纱倾销导致的。这次招股虽然没有结果，张謇却感到必须百折不挠地振兴中国实业。这时，盛宣怀表示，敢和张謇各领

官机2万纱锭,各集商贾25万两银,在南通和上海分设"申领商办"的两个纱厂。这使张謇信心大增,他把消极怠工的"沪董"潘茂华、郭勋"请"出"六董"班子,另外招了为数不多的股份,于1898年初开始了纱厂的基建工程。不料,盛宣怀又中途食言,只肯提拨少量"公款",弄得张謇常因资金短缺而"仰天挽地,一筹莫展",一直拖到1899年5月,才好不容易装好全部机器,把大生纱厂建设起来。

机器虽然开动了,张謇不但没能松口气,反而陷入更大的困境。他费尽气力筹措的有限资金,在安装机器时已经寅吃卯粮,把原打算做开工时用的流动资金挪用了。如今没有钱买棉花,怎么生产?张謇求官官不理,求佛佛不灵,急得像热锅上的蚂蚁。他万般无奈,只好忍痛把费尽心血建起来的新厂租给两个富商,希望他们用这个厂为振兴实业做一件好事。但签订租约时,他们却反悔了,说是不能背这个包袱。正当张謇走投无路之时,陈又衢、杜皱周这两个棉花商向张謇提出,愿以赊欠方式向大生纱厂提供棉花,让纱厂投入生产。这是因为,在纱厂倒闭风中,他们积存的棉花也没有出路了。他们看到张謇那么实心实意地办厂,觉得应该助他一臂之力,再说工厂的产品只要打开销路,自己总能跟着赚到钱,这比把棉花积压在货栈里好得多。张謇在山穷水尽之时找到了生路,他立即把工厂开动起来。这一年,恰逢机纱因市场需求量上升而不断涨价,因而获利二、三十万两银之多。这样,张謇花费的比夺魁天下多得多的心血而办起的大生纱厂,总算站稳了脚跟。自然,张謇此时的喜悦,也是远远超过了中状元的时候。

三、知人善用,是企业发展的重要因素

企业的成功,没有一大批人才是不可想象的。张謇事业鼎盛时期,靠的是他知人善任,人尽其用,才尽其用。

张謇在官场混迹多年,深懂恩威并施、笼络人心之道。他以高薪、显位聘用那些经营花布的老手,做他的左膀右臂。下属家中遇到困难,他也

关怀备至。逢年过节,或者工厂获利较多时,他都特地吩咐多办几个菜,让工人饱吃一顿。他还常常为工人、职员办一点同行厂家未曾注意到的小福利,以便使工人、职员觉得大生纱厂更关心员工。在张謇最困难的时候助他一臂之力的杜黻周,张謇把他尊为老同事。杜60岁生日,他特地撰写寿联,亲往祝寿。杜去世后,张謇又特地把杜的灵堂设在工厂里,亲自主祭,哀恸欲绝,以显示他重友情,念旧交。大生纱厂的员工见张謇对老同事如此优礼有加,很是感动,都互相勉励,要忠于"大生",维护"大生",得一个生荣死哀。

但他的失败,亦与错误用人相关。张謇本人陶醉于自己的成就和名声之中,再加上年事已高,对企业再不像原先那样刻苦用心了。他70岁生日时,看了梅兰芳特地到南通演出的三天大戏后,更以为自己已经功成名就,整天只是赏花考古,作诗写字,把企业完全交给了叔兄和儿子张孝若。

叔兄假公济私,中饱私囊。张孝若则血气方刚,动辄得罪他人。股东和元老被得罪光了,张謇却不分青红皂白,一味地对兄、子辩护。不仅如此,张謇还公开把自己说成是各位股东的大恩人。股东们看到与他已无法共事,暗中酝酿拆伙。"大生"已经潜伏着危机了。

四、量力而行,是企业家必须遵守的底线

企业,并非摊子越大越好,举债亦并非越多越佳。一切的成功者都要量力而行。超越客观条件的做法,都是注定要失败的。

张謇从1899年创办大生纱厂,仅用20年左右的时间,就将大生纱厂发展成一个规模巨大的企业系统。到1921年时,企业的总资本已增至3400多万元,成了当时民族资本的"企业大王"。

张謇努力贯彻用他的企业所得来兴办教育和用教育促进实业的主张。为此,他用部分利润和募捐所得,在南通和外地创立了几十所学校及文化卫生机构。其中有我国第一所师范学校即通州师范,由十多所职业学校发

展起来的南通大学，还有扬州两淮师范、吴淞商船学校、中国公学、复旦学院、南京高等师范和南京河海工程学校。此外，还在南通创立了图书馆、博物苑、气象台、盲哑学校、伶工学社以及医院、公园、剧院等。这些文化教育机构，有一些是国内首创。在以实业改进教育方面，张謇也不愧为民族资本家中的佼佼者。

　　创办那么多文化教育机构，单靠大生纱厂的利润自然远远不够，募到的捐款更加有限，那么，他们的资金是从哪里来的？一是吸引民间存款，二是利用银行钱庄的资金。他很注意以状元和热心"慈善公益"的企业家身份与豪绅、名士拉关系，也想方设法炫耀自己的势力。他曾一次分别贷款给英商汇丰银行1000万两银、日商正金银行500万两银，这在中国企业家中还未曾有过。张謇又通过他那些在上海办银行的门生们大力宣传吹嘘，使得张謇的声誉比他中状元时更高得无法相比。张謇变成了驰名中外的"张南通"，他的地盘南通也被捧为中国的"模范城市"。豪绅、名士们看到这位"企业大王"最可靠，纷纷把款存入"大生"，一时存不进的还要托亲友。当年对张謇非常冷淡的银行钱庄，也转而主动和"大生"建立关系，最多时有100多家，"大生"可以从这些银行透支五六百万两银的款项。这就为"大生"的发展提供了极有利的条件，同时，也为他最后的失败埋下了祸根。

　　第一次世界大战结束后，帝国主义势力更加疯狂地卷土重来，在我国市场上大量倾销棉花和棉织品。"大生"生产的产品，在它的老地盘南通一带也销不出去，只有运往上海等地削价推销，愈加收不抵支。屋漏偏逢连夜雨，1920—1922年连遭水灾和虫灾，使"大生"企业遭受严重损失。1925年7月，仅"大生"一、二两厂已负债1000多万元。这时，本来愿意透支的上海银行首先宣布与"大生"扎平欠款，其他银行也纷纷前来查账讨债。张謇四处告贷都碰壁，百般哀求缓期还款也无人理睬，张状元、"企业大王"、"张南通"这些金字招牌忽然一文不值。结果，大生纱厂及"大生"企业被具有债权的银行财团承接了。

　　张謇亲自办起的驰名中外的"大生"企业系统，仅仅经过了20多年时间，就在他陶醉于功成名就之时宣布破产。张謇亲眼看着这如梦一般的变化，满怀凄楚。他无可奈何地写信给儿子说："父日尽人事，儿亦日尽人事而已"。"大生"厂破产的第二年，张謇这位驰名中外的大企业家，就在悲凉孤寂中去世。

从"大生"的兴旺和破产、成功和失败中，我们可以得到很有益的启示，他对于我们今天的每一个企业管理者来说，都具有重要的教育和借鉴作用。

注：此文完成于1997年8月。为华东师大历史系"企业发展与现代化企业管理"研究生课程进修班结业时所作。2005年12月荣获中国管理科学院人文科学研究所中国新时期人文科学优秀成果评选中获一等奖，被编入《中国新时期人文科学优秀成果精选》。

铁路运输业深化机制改革的探讨

(2000年7月5日)

在新的历史时期，铁路运输业同其他国有企业一样，面临着严峻的挑战。一方面要加快发展，以强大的运输能力为全面建立社会主义市场经济体制提供基础条件，适应快速增长、灵活多变的运输市场需求；另一方面，随着改革的深化，也暴露出铁路经营管理体制与运行机制上的一些深层次矛盾，必须加快改革，才能适应市场经济环境，使铁路求得生存和发展。近几年铁路运输业的改革已经采取了重大举措，取得了明显的成就，但由于铁路运输业的特殊性，从而决定了铁路改革比其他行业的改革更为复杂和艰巨。笔者多年来一直从事铁路工作，对铁路运输业深化机制的改革一直给予关注。本文试图通过对深化铁路运输业机制改革的研究分析，能够对中国铁路运输业的深化改革有所作用，从而为推进中国铁路的建设发展尽到自己的力量。

一、深化机制改革仍然是紧迫的任务

（一）企业性决定了必须坚持深化机制改革

理论和实践证明，铁路运输业的基本属性是企业性。从运输生产经营活动的基本特征分析中，可以看到铁路运输业虽不像一般工业企业那样能生产看得见、摸得着的实物产品，但却通过移动旅客或货物的空间位置这样一种劳动形式，直接参与社会生产流通过程。市场交换行为是企业在市场经济中最基本的经营。马克思强调了运输生产的位移功效，认为商品从甲地移到乙地，其价值和使用价值都发生了变化，因此运输是促成产品到这一"惊险跳跃"的重要物质条件，是"生产在流通领域中的继续"①。从独立的运输市场交换行为来考察，运输企业生产出来投入市场、用以和用户交换的商品是运输服务这种无形商品。运输的价值是投入旅客、货物移位的运输生产过程所消耗的线路、机车车辆、通信信号设备、场站设施及运输组织管理软件等物化劳动和活劳动。运输的使用价值是旅客、货物的移位，它以吨公里、人公里为基本计量单位，以车票、货票作为交易凭证。对于每一特定的旅客、货物而言，位移的完成，也就意味着供需双方的商品交换过程完成。可见，铁路运输业具备了企业所具有的特性。多年来，我们对铁路运输业企业性的界定存在着种种误区。在实践中，把铁路作为了"小社会"，机制上是"大而全"，管理是"大统一"。这种状况，难以适应市场经济发展和竞争的需要。铁路运输的企业属性决定了必须坚持深化改革，建立和完善与市场经济相适应的机制，必须按企业的属性来构建和运作。

（二）竞争性体现了必须深化机制改革

当前，我们国家正处在伟大的改革时代，社会主义市场经济体系的建立和完善，使市场更加繁荣，竞争更加激烈。改革开放前，我国的运输市场分别被铁路、公路、水路和民航分割。不但各种运输方式间没有竞争，就是同一运输方式内部由于只有国有国营这一个主题，也缺少竞争。很显然这种垄断是体制性垄断，是传统计划经济体制造成的，这种体制使得企业既无压力也无动力，长期提供低水平的服务。消除行政性垄断，破除地区封锁、部门分割是改革的重要任务。经过十多年的改革，公路、水运和民航已初步形成了国家、集体和个体（民航除外）共存共荣的局面。由于多种经济成分的发展和众多市场主体的形成，在公路、水运、民航领域已打破了行政性垄断，初步形成了竞争格局。从运输市场总体来看，铁路在运输市场上占有的份额不断下降。据世界银行的统计，从1977年至1992年的十五年间，中国铁路货运在运输总量中所占的份额从75%降到55%，客运从65%降到45%；并预测未来的十五年之后，即到2008年货运将从55%降到35%，客运将从45%降到20%②。如果不改革，铁路在运输市场中比重的损失将会更大。特别应该指出的是，煤炭运输由于煤炭运量大、运输距离长和煤炭价值低，目前煤炭在省际间的调运中铁路还占据垄断地位，但也并不是高枕无忧。一是国家的能源政策是变输煤为输电，这将大大抑制煤炭产地的调出量；二是煤炭属于非再生性资源，一旦矿井储量挖尽而当地经济又没有相应发展起来，拥有强大能力的铁路线将没有多少运量可运。那时，现有的运输市场将全部丢掉，而运输设备的专用性又决定其难以开辟新的市场。煤炭运输占中国铁路40%以上的情况应引起高度重视。市场竞争的现实，不但要求铁路深化改造，而且要求加快改革。

（三）现实性反映了必须坚持深化机制改革

从铁路自身的发展来看，加快机制改革是其根本的出路。新中国成立50年来，中国铁路发展取得了国际公认的成就。到1999年底，全国铁路营业里程可达67000多公里，为解放初期的3.07倍，已上升为世界第四位[③]。但与发达国家相比，与社会主义市场经济的发展相比，差距仍然很大。目前，中国铁路改革发展面临多方面的严峻挑战。

首先，运输市场对运输质量的要求越来越高。尽管在加强市场营销上采取了一些措施，但铁路严重不适应市场竞争的状况并没有从根本上改变。铁路强化市场营销，公路、民航、水运等部门也都在不断提高竞争能力。铁路面临的市场竞争是在新的层次上更加激烈的全面竞争，这对加快铁路转机建制，加强客货营销，提高运输质量提出了更加紧迫的要求。

其次，铁路结构性矛盾十分突出，基本上还是粗放型经济增长方式。资产结构不合理，存量资产规模庞大，在传统体制下难以合理流动，造成大量资产闲置，资源低效配置。企业组织结构不合理，企业基本是生产型组织，市场营销和产品开发等组织体系相当薄弱，远未实现向市场经营型转变；企业"大而全""小而全"，辅助部门庞杂，负担沉重，效率和效益低下。所有制结构需要改善，公有制实现形式单一，不适应不同生产力发展水平。

再次，铁路还面临其他种种的困难和问题。全路财经形势异常严峻，扭亏增盈的任务十分艰巨。经营困难的局面没有从根本上缓解，企业缺乏活力。铁路建设债务负担沉重，还本付息的压力很大。铁路职工队伍庞大，劳动生产率低下。工资和人员的增长成为推动成本上升的重要因素。如果铁路不走减员增效之路，成本攀升的势头将很难遏制，企业发展将难以为继④。

铁路发展遇到的突出矛盾和困难，从根本上说是体制性弊端和结构性矛盾的具体表现，是计划经济体制长期累积沉淀问题的集中反映。铁路"大统一"的管理模式，形成以计划配置资源为主的行政管理系统和生产组织方式，企业难以真正面向市场。铁路投资体制不合理，缺乏社会融资吸引力，资本投入产出责任难以落实。这些问题对铁路发展的制约是深层次、全局性的。只有知难而进，勇闯难关，加快改革，铁路才能摆脱困境。世界铁路特别是发达国家的铁路都是通过体制改革、减员增效、改善经营和科技进步而重新振兴的。我国其他一些行业和地区走的也是这样一条改革之路。这是历史潮流的经验总结，舍此别无他路。

二、深化机制改革需要坚持的主要原则

（一）必须体现公益性

铁路运输的公益性，指铁路运输是使社会广泛受益的公益服务事业，它所创造的社会效益远远大于经济效益，对社会经济发展和社会公共的影响也比一般企业更为广泛，更为直接。当然，注意社会效益是社会主义企业的普遍道德规范，不是铁路所独有的本质特征。任何企业都不应唯利是图，都有责任维护社会公共利益。但铁路运输业的公益性远远不仅是企业行为的一种自我约束，这种公益性是铁路运输的内在属性。它首先表现为铁路运输是公共产品，它所提供的服务是公共的。铁路的公益性，还表现在铁路由于提供的服务是公共产品，决定了铁路是一个自然垄断部门，必须接受国家下达的一些非盈利性运输的要求，如承担支农、救灾、指令性物资运输等，这些对企业并无利益可图，但只要对国家、对社会有益，铁路便责无旁贷。

铁路的公益性并不是中国特有的，国外铁路亦有公益性，但在不同国

家和不同的社会经济条件下，铁路的公益性通过不同的形式和特点体现出来。在欧洲一些实行高福利政策的经济发达国家，曾经有很长一段时期把铁路客运作为一种大众福利事业，依靠国家巨额财政补贴来维持其低票价的公益服务。但长此以往，铁路运输企业缺乏竞争压力，经营不景气，发展日渐萎缩，国家财政不堪重负。因此，20世纪80年代以来的世界铁路改革潮流，其基本趋势是从片面强调公益性服务转向注重商业性运输，政府放松对铁路的管制，企业实行市场化经营，但政府仍然不同程度地保留着对铁路运价的某种控制权。如美国政府仍然决定公开运价的上限和下限标准；加拿大政府为支持农业生产和农产品出口，铁路的粮食运价仍然由政府来确定和调整，货主只付所需运费的三分之一，其余部分由政府直接补贴给铁路公司。

我国铁路与国外铁路最大的差异在于铁路运输能力严重短缺，运输市场缺乏充分竞争以及社会生产力水平不高，决定了我国铁路公益性既不能靠国家财政补贴的支持，也不能成为社会无偿享用的福利，同时国家也不能不对铁路运价进行适度调控，不能不要求铁路承担一些非盈利性运输。现阶段，根据我国具体的国情条件，只有通过加强铁路建设，增强运输能力才能充分发挥公益性。

（二）必须保护基础性

铁路运输业是国家基础设施，与一般的商品生产者不同，它所经营的交通运输设施，对维护社会正常运行，对国民经济发展具有全局性的重要影响，因此称其具有基础性。基础性是铁路运输业区别于其他一般企业的最重要特征。发达的交通运输是社会化大生产运行的基本前提条件。铁路是一个国家实现工业化和经济起飞的基础。

铁路的基础性决定了国家对铁路发展负有重大责任。从先进国家发展看，英、美、法、德、日等国为实现工业化和建设现代化市场经济，在19世纪下半叶都投入了大量资金，持续几十年大规模修建铁路。资料表明，美国到20世纪初虽已有40多万公里铁路，但政府对铁路的投资仍占财政总投资的50%以上；日本在明治维新时期，政府对铁路投资比重也在20%以上。而我国没有形成西方国家那样的铁路建设高潮，新中国成立40多年来，国家对铁路基建投资占全国基建总投资比重最高是12.3%（"三五"时期），最低才6.3%（"七五"时期）⑤。由于长期以来对铁路的基础性缺乏足够的认识，尽管把铁路形象地称为国民经济的大动脉、先行官，但对铁路建设资金投入不足，使铁路运输长期不适应国民经济发展需要，尤其在我国工业化起飞阶段，市场经济迅速发展时期，铁路运输需求急剧膨胀，而运输能力的增长相对缓慢，更充分地暴露出铁路基础设施薄弱对整个国民经济发展的"瓶颈"制约。因此，铁路运输能力严重短缺已成为影响国家宏观经济发展战略的全局性问题，仅仅依靠铁路行业的自身努力是难以解决的。国家应集中投资，加快铁路基础设施建设。由于铁路建设投资大、周期长、见效慢，一般企业、个人资金投入十分有限，同时也不可能全靠外资来解决设施能力的短缺，因此，国家财政投资对铁路发展具有决定性意义。

（三）必须注意特殊性

1. 既要坚持运输调度指挥的高度集中，又要注重运输组织作业的高度分散。

铁路运输生产过程的基本特征是什么？过去，我们习惯以"高、大、半"来概括，这是指铁路运输具有调度指挥的高度集中，国民经济的大动脉和半军事化组织的特征。形成这种认识的主要原因有两个：一是从铁路运输生产固有的特点来看，由于运输移动设备对线路占用上的特点和货物在铁路运输中的连续性、全程性和联动性，需要铁路运输进行统一协调、集中指挥。二是在传统体制下，铁路是一个"大工厂"，下级进行的活动由上级统一安排，下级按上级指令办事，一切听命于上级。正是由于这两层原因，形成了铁路运输的"高、大、半"，并把这作为铁路运输生产过程的根本特征。而且，在实践中，又将其扩大运用到铁路所有方面，不仅调度上要集中统一指挥，而且各种分散的作业也要集中统一指挥；不仅运输要统一指挥，而且其他生产，不论其性质多么不同，也要集中统一指挥；不仅各种生产要集中统一指挥，而且各种经营活动也要集中统一指挥。

认真地考察整个铁路运输过程，就可以发现，运输生产过程的基本特点,准确地说,不是一个而是两个,即运输调度指挥的高度集中和运输组织作业的高度分散。这两种特征相比较,运输调度指挥的高度集中是相对的、有条件的;而运输组织作业的高度分散则是绝对的、无条件的,只要有铁路运输进行,高度分散作业的特点就存在。这种特点是由铁路运输的性质决定的。我国基本上是大陆国家,资源分布是西富东贫,人口多,人民收入水平较低、大宗低值货物和中长途旅客的运输,必须主要依靠铁路来进行。全国67000多公里营业铁路分布在全国除西藏外的所有省(市、自治区),有五千多个车站在进行着客货运输作业,这种高度分散的作业是一般的企业、一般的行业所不能比的。运输调度的高度集中统一指挥则是相对的有条件的,与铁路运输对象的运输距离、车辆的配属、线路的通过能力有关。准确地说,当运输对象运输距离很长,需要进行全程联网运输时;当移动设备特别是作为运载工具的铁路客货车辆是在全部线路上混用,需要统一调配车流时;当线路通过能力十分紧张,需要提高线路通过能力并合理进行运能分配的时候,运输调度的集中统一指挥才是必要的。显而易见,铁路运输生产过程是运输调度的高度集中统一指挥和运输组织高度分散作业居于主要的、主导地位,这是由运输产品是被运输对象的位移这种性质决定的,只要运输业存在,作为运输过程的这种性质就存在。

2. 既要注重社会效益,又要突出企业效益。

铁路运输企业的公益性和企业性属性,决定了铁路是社会的基础设施,必须坚持铁路企业的企业效益和社会效益要并重发展,且应以企业效益为主。世界发达国家铁路发展的历史也证明了这一点。许多国家之所以在铁路运输业企业效益和社会效益的关系上处理失误,影响铁路的发展,是因为运输具有两重性,易于造成人们认识上的失误。从运输业的发展历史来分析,运输之所以作为一个行业从生产过程中分离出来,独立地发展成为一个产业,是社会分工和商品生产发展的结果。尽管随着社会生产规模的扩大,被运输对象总量的增加,投在运输企业上的总费用增加,但单个产品的运输费用会相对或绝对减少。作为独立产业的运输业的这种性质的变化,使得社会和人们会特别强调运输业的社会效益。

在我国,铁路是交通运输骨干,大宗低值的资源运输、大量旅客的出行都要依靠铁路来完成，人们自然会更加注重铁路的社会效益。但社会发展到一个阶段后，人的活动性将大大增加，并对运输服务提出更高要求，运输技术水平的提高和运输业的现代化将成为更为紧迫的任务。靠什么来实现运输业规模的维持、扩大和技术水平的提高？无非是两种途径：一是靠国家投资。这条路在许多国家都试过，在一定时间内还是可行的，但这不是长远之计。实践证明，片面强调铁路的社会效益，人为地压低运价，使得政策性亏损和经营管理不善混在一起，市场占有份额不断下降，亏损大量增加，国家财力难以负担，企业简单再生产难以正常进行，这种恶性循环是难以避免的。所以许多国家的铁路在经历过这样一段时间后都纷纷改制。目前世界铁路改革的潮流也证明了这一点。二是投在运输业的资本在运动中实现增值，即企业获得自身效益，在企业效益提高的基础上，不断增强自我发展的能力。由于运输业一次固定资本所需投资量大，规模经济效益特别显著，运量的倍增能够给企业带来可观的经济效益。经验表明，铁路运输业的发展必须坚持国家和企业的并举投资。实践告诉我们，运输业的企业效益和社会效益是一致的、相互促进的关系，在两者关系中，企业效益是基础和前提，没有企业效益，社会效益也很难持久提高。

3. 既要受国家政策的宏观调控，又要按现代企业特性进行运作。

社会主义市场经济下的国家宏观调控主要目的是创造经济运行的良好环境，保证正常的经济秩序。同时，也是为企业的正常运行创造良好的外部环境和市场条件。国家宏观调控的主要对象是企业，但是并不干预企业微观的生产经营活动。既然企业是国家宏观调控的对象，作为铁路运输企业理所当然地应是国家宏观调控的重点。特别是铁路运输企业基本上都是全民所有制企业，国家几乎拥有企业的全部资本，铁路运输企业的特殊性决定其在国计民生中占有重要地位。正因为如此，铁路成为国家宏观调控的重点对象，这一点在经济高涨期和调整期表现得特别明显。在经济高涨期间，投在铁路上的资本会相应大幅度削减。国家对铁路运价的较多控制也是国家对铁路实施宏观"调节器"的一个重要方面。为了抑制通货膨胀，国家主要通过抑制需求、控制货币发行来实现，对铁路运价的控制主要体现国家为实现宏观目标而对铁路的调整，我们不能把这理解为国家运用铁路这个宏观调控的手段来达到抑制作用，但从宏观上分析，是物价水平决定运价水平，而不是相反。在一定条件下，铁路也能够起到国家宏观调控手段的作用，但是这种作用是暂时的和有限度的，只有当紧急情况发生，市场上出现大的供求失衡，急需通过铁路从外地进行较长距离较大规模的物资调运时，铁路才被作为国家宏观调控的手段来运用。在传统计划经济体制下，最基本的生产经营单位是企业。市场经济条件下，最基本的生产经营单位也是企业。它们虽然都是企业，但在行为目的、产权关系、内部治理等内涵上发生了根本的变化，正确认识和把握这种变化，对于实施宏观调控和深化机制改革都十分有益。

三、深化机制改革的基本思路

铁路的基本属性中，企业性是铁路运输业的基本特征，它决定了铁路机制的改革必须按照社会主义市场经济的要求，改革计划经济体制，建立市场经济体制，使铁路企业成为自主经营、自负盈亏、自我发展、自我约束的商品生产者和经营者，成为独立的法人实体和市场竞争主体。几年来，铁路运输业的改革和发展，无论是理论上，还是实践中，都取得了重要突破和举世公认的成就。在当前新的历史条件下，如何进一步深化呢？笔者认为应重点从以下几方面下功夫、出成果。

（一）加快观念更新，树立全新的经营思想

深化铁路运输业的机制改革，走市场化的道路，我们应该在坚持中国特色的铁路建设思想和方针的基础上，大胆地认识和运用西方的战略管理和策略管理的思想。

20世纪70年代，西方管理学界逐步形成"战略管理"的新观念，进一步丰富了管理学的内容。美国管理学专家安索夫（H·I·Ansoff）提出资源配置战略理论，认为经营活动应以环境—资源—组织为主体。哈佛工商管理学院波特（M·E·Potter）教授提出竞争战略理论，认为成本、创新、集中是主要的战略要素。著名管理大师安德罗斯（K·R·Andreus）

提出目标战略理论，认为"战略是目标、意图及其方针和方法的模式"。可见，战略管理是经营活动的生命线。铁路运输业的改革和发展离不开战略思想指导。如何适应市场经济并建立市场化的经营机制，是铁路运输业的战略问题。战略管理，首要环节是认识经营的大环境。当前，我国正处在计划经济体制全面转向市场经济体制的改革之中，铁路运输业必须认清大势，彻底转变原有计划体制的运行模式，逐步建立低耗高效的运行机制。"创新"是战略管理的中心环节，铁路运输业物资资源丰富、人才济济，如何有效地按照市场的内在要求，发挥组合功能是铁路运输业改革的战略性课题。战略管理十分注重对竞争对手的分析，认识并了解公路、水路、航空运输业的地位、功能、特点，采取相应对策，取长补短、扬长避短，充分发挥自身的优势，是铁路运输业改革的又一重大任务。

战略管理是战略制定—战略实施—战略评价的过程。铁路运输业的机制改革也必须首先制定适应市场的总体战略，然后逐步实施战略的具体目标，最后对于改革实践予以总结和评价。战略管理是大政方针的管理，策略管理是营销手段的管理。铁路运输业的机制改革还必须解决市场策略问题。在实践中，应注重把握以下三点：

第一，认识和把握市场的细分策略。铁路运输业在货运上应总体上采用"无差别市场策略"，及时安排统一规格的车皮，降低营运成本，满足厂矿企业、个人的一般托运需求。在客运上，应采用"差异性市场策略"，积极推出不同硬件设施、服务规格的列车，拉开档次，满足不同消费层次旅客的需求。

第二，认识和把握目标市场策略。铁路运输业的目标市场同航空运输业有很大区别，它的服务对象应是体积大、价值低的货品和各种阶层为主体的旅客群。铁路部门应认真研究相应企业人群的经营特点和消费特点，优化服务，开拓货运和客运的新市场。

第三，认识和把握营销组合策略。铁路部门可以运用多种营销手段扩大市场规模。在客运上，包括季节价格差别策略、往返便利策略、住宿运送结合策略。在货运上，包括"一条龙"服务，便捷准时，代理代办等等。总之，深化机制改革，必须在科学的战略、策略管理的思想指导下，结合改革的实践,制定市场经营的战略目标,采取灵活多变的营销策略。这样,才能使铁路运输业的改革坚持正确的经营思想,才能使铁路运输业的机制改革真正取得实效。

(二) 加快改革投融资方式,建立新的建设和发展机制

中国铁路与国外发达国家包括发展中国家铁路相比还有差距。以美国为例,美国不仅高速公路四通八达,而且每1万平方公里土地就有290公里铁路,中国仅66公里。中国目前铁路仅67000多公里,即使加上"九五"期间建设的新线,也仅有7万多公里,仅相当于印度水平。铁路发展可带动经济发展。铁路是基础设施,能促进相关行业发展,如水泥业、建材业等,投资铁路即投资基础设施建设,对拉动经济增长作用明显。反过来,经济发展了,也能促进铁路行业的发展,两者相互促进。因此在我国铁路不属于夕阳行业,对铁路发展要充满信心。

铁路发展在中国遇到的最大难题是资金短缺,中国铁路之所以发展慢,就是因为铁路投资单一。以"九五"为例,铁路建设大约要投资2500亿元,从动态上看约4000亿元。资金缺口较大[⑥]。铁路要发展,必须解决资金问题。应从根本上改变过去投资单一,形成多元投资主体的格局。

目前铁路建设资金主要来自铁路建设基金。由于铁路建设基金融入铁路的货运价格中,导致铁路运输企业利润下降。铁路建设基金占货运价格的比例过大,实际上是对客户变相提价。铁路建设基金本质上是国家财政资金,政府仍是唯一投资者,铁道部代表国家收取基金,与市场经济下先交税后分配利润的通用规则不符合。市场经济下利润、税金截然分开。而目前这种不符合市场经济的做法,是没有积极性的。

另外铁路建设资金的一部分来源于国家开发银行贷款,同样会产生新的问题,其中之一就是利息的支付。对于运输业来讲,贷款导致成本增加,成本增加又导致贷款增加,贷款增加又导致成本上升,形成恶性循环。铁路全行业亏损的原因相当复杂,既有铁路自身的原因,也有体制原因。区分开投资和贷款对分清铁路亏损原因也是有利的。

现在铁路建设相当一部分通过贷款去完成,使铁路一旦投入运营以后就注定亏损。现在铁路建设贷款的比例相当大,约占整个投资的1/3,建

设基金的收取，一方面是变相提价，导致铁路失去了客户，铁路难以摆脱困境；另一方面建设资金的收取占用了铁路的价格空间，使铁路企业在低于成本的运价下运营，连年亏损，无法还贷。

在这方面改革的重点是建立多元投资主体。铁路也可以允许多方筹集资金办铁路，包括吸引国内外的资金。广深铁路股份有限公司在香港上市，就有境外投资者介入。铁路作为国家的基础设施，政府可以作为投资者，但也应该是多元投资。另外，政府要有明确的铁路产业准入政策，在一定的条件下，应放松对其他投资主体的准入限制，并采取有效措施，吸引各方面的投资者，包括私人投资者、社会法人投资者以及国外的投资者（也可以是外资独资修建铁路），来参与我国的铁路建设。政府不要成为铁路运输业的单一投资者，而应既作为铁路的投资者，又作为铁路建设的促进者，吸引更多的投资者。这样有利于铁路的发展，有利于解决资金的不足问题，对铁路建设来说，效果更好。

同时应分析国际资本参与铁路投资的动向。如美国铁路资本等，它要参与投资的条件应该是：允许私人直接进入国际资本市场；有明确的铁路产业准入政策；以股份公司为主体；制定合理的符合市场经济规律的铁路管制政策。

在实施这一改革中，必须首先突破一些观念上的障碍。按照多元投资主体对铁路运输企业改制后，融资渠道就比较多，通过直接融资和间接融资，铁路建设就能加快，最终受益者是政府，并能带动国民经济的发展。因此需要突破一些观念上的障碍。一是突破计划经济的思维方式，按照市场经济的思维方式来改革铁路；二是要重视铁路运输企业的利益，运输企业既然是法人主体，就只能用经济手段而不能用行政方式来进行利益调整。

坚持上述改革实践，中国铁路大发展指日可待。旧中国利用外资发展铁路的经验充分证明了这一点。旧中国利用外资的主要方式为借外债和外国资本直接投入。据不完全统计，清政府、北洋军阀政府和国民党政府共借铁路外债约10.4亿国币，分别占各届政府外债总额的28%、26%和39%。京汉、沪宁、粤汉、津浦、广九等铁路均主要靠借外债而兴建的。

1901—1946年外国资本共在我国直接投资修建铁路10570公里，约占同期兴建里程的41%，其中，1901—1936年外国资本在中国直接投资建路总额6.07亿元。东三省铁路、胶济铁路、滇越铁路、安奉铁路等分别为俄、日、德、法等外国资本直接修建。在清政府时期（1876—1911），共修建铁路9400公里，其中只有20%为国有铁路，包括中国自力更生修建的京张铁路、商办铁路及赎回的京广三等铁路⑦。上述经验在目前亦有现实的学习借鉴作用。

（三）加快"公司化"建设，建立和完善现代企业制度

铁路改革的关键是政企分开，改革现行的运输管理体制。改革的步骤应该自上而下进行。要继续搞好铁道部的职能转换，进一步深化搞好"政企分开""政资分开"和"投贷分开"。当前的一个突出任务，就是要按照现代企业制度，加速"公司化"的建设。公司化建设，其基本点就是要按建立现代企业制度的要求来确定机制改革的思路和进行方案的设计。这个现代企业制度的基本特点就是产权清晰，权责明确，政企分开，管理科学，适应市场经济的要求。铁路长期存在四级管理、两级法人的体制显然是不适应市场经济要求的，这种管理体制的严重弊病，已到非改不可的地步。首先目前财务统收、统支、统分的体制，对内束缚了基层手脚，对外也使自己处于被动地位，往往是"一人生病，大家吃药"，"一地出事，全路受检"。其次路局和分局两级都是法人，实际上是"一物二主"，两级法人所有同一实物资产，而且是大法人管小法人，其实质还是计划经济的管理体制，完全不适应市场经济的现代企业制度。再次部、局、分局、站段的管理职能交叉重叠，存在着大量的重复管理和越级管理，特别是从铁道部业务局开始，自成系统、条条直通，一竿子可以插到班组，企业不能自主经营，更谈不上综合管理，严重地束缚了生产力的发展。

如何进行改革？还是要从铁路的实际出发，承认铁路企业与其他企业异同的特殊性。铁路管理体制的改革在坚持国有控股经营和全国运输调度统一指挥的前提下，其他一切的、有益的经验都可借鉴尝试。

全路的运输调度统一指挥必须作为政府职能。因为宏观调控是政府职能，作为这个政府的主管部门，每个部都有其具体的调控对象和调控手

段。从铁路运输全程联网的特点和运力严重不足的现实出发，为发挥路网整体功能的优势，使有限的运力得到最充分的利用，政府必须通过统一指挥调度来实现宏观调控，所以应该名正言顺地列为铁道部的政府职能，不必再为此而成立新的机构。

在减少层次方面，关键是解决两级法人问题。分局直接组织运输生产和经营，直接使用国有资产，直接领导站段，应以分局为基础进行公司制改造，使之能够成为"四自"的法人实体和市场竞争主体。鉴于经济活动和社会政治生活的属性很强，为有利于铁路企业进入市场，在进行公司制改造时，对有些分局还应按行政区划做必要的调整。在完成分局公司制改造的基础上，再改造路局，组建成法人联合体的企业集团或集团总公司。在机制改革中，当前应突出强化产权制度建设、组织制度建设和管理制度建设。

在铁路企业公司制产权重组的过程中，首先要明确，国家投资形成股权，铁路企业现有的股权属于国家。在这个前提下，谁代表国家行使所有权，对国家承担资产保值的责任呢？这个新角色定位在哪里？应从铁路的现状和生产力的特点出发来进行考虑。如果定得层次太高，就存在着管理跨度太大的问题。但定得层次太低，则对组织铁路运输生产活动不利，会大大降低盘活铁路系统国有资产的作用。针对不同情况，可以采取不同的方案：

一是可将国有产权变为股权，直接划转到铁路分局改造后的总公司，由其代表国家行使资产所有权，承担国有资产保值增值的责任。这比较适用于原来规模比较大的分局，而且是在改制后的总公司内分别成立了干线、支线货物运输公司的情况。

二是可以直接划转到铁路局改制后的集团公司，由其代表国家行使资产所有权，承担国有资产保值增值的责任。这比较适用于原来规模较小的路局，同时是在改制的集团公司内成立了干线货物运输公司的情况。

三是对少数按干线单独设立的公司的所有权代表，视情况分别对待。或由铁道部新成立的投资（控股）公司代表，或由集团公司代表，或由总公司代表，或者将所有权代表直接授给单独设立的干线公司。

结　论

　　综观中国铁路运输业几年来的改革，已经采取了重大举措，取得了公认的成就。但随着社会主义市场经济的发展和各方面改革进程的加快，越来越暴露出中国铁路运输所面临的种种困难问题和挑战。为适应时代的发展，为加快铁路事业的发展，进一步深化对运输业机制的改革，是当前以至今后一个时期的重要任务。铁路运输业的企业性的属性，决定了铁路必须同其他行业一样按照《公司法》的精神，加快推进公司化建设。但在深化改革的过程中必须坚持公益性、基础性和特殊性的原则，从而保证机制改革的健康发展。理论和实践进一步表明，当前机制改革的关键是进行政企分开，强化行业管理；核心是按照现代企业制度，积极地、全面地推进"公司化"建设；重点是从思想上、组织上、制度上加强建设。为此，我们应以改革为己任，积极行动起来，自觉投身到机制改革当中，理解改革、支持改革、参与改革。应当坚信，铁路运输业的深化机制改革，必将取得明显成就；中国铁路的建设发展，必将有一个辉煌的未来。

注　释：

① 《马克思恩格斯全集》第 23 卷
② 《中国铁路走向市场的理论和实践》第 33 页
③ 《铁路经济研究》1999 年第三期 2 页
④ 铁道部部长傅志寰在 1998 年 1 月 4 日全路领导干部会议上的讲话
⑤ 《企业改革的理论与实践创新研究》第 27 页
⑥ 《铁道经济研究》1999 年第 3 期 8 页
⑦ 《中国铁路走向市场的理论和实践》第 83 页

　　注：此文完成于 2000 年 7 月，为澳门国际公开大学硕士毕业论文。时任铁道部北京铁路局驻上海办事处主任、上海金宝经济发展有限公司总经理。

铁路多经企业如何适应"跨越式"发展的探讨

(2005年11月15日)

2003年3月,铁道部提出了中国铁路实现跨越式发展的战略目标和战略任务。经过两年多的实践,中国铁路在提速、机构改革、生产力布局调整等诸多领域取得了很大成就。面对铁路这种跨越式发展的新形势、新任务,铁路多经企业如何更好地予以适应呢?这是摆在我们面前的重要课题。铁路多经企业从八十年代初成立以来,经历了从无到有,从小到大,从大到强的发展历程,取得了长足的发展。我们为铁路多经取得的辉煌成就而欢欣鼓舞,同时也为发展中遇到的难点和困惑而忧虑。本人经历了多经的成长历程,目睹了多经的发展变化,因此,试图对铁路多经企业如何适应"跨越式"发展的课题作如下探讨:

一、从思想上适应,把发展多经作为一项伟大的事业

铁路跨越式发展充分体现了与时俱进、创新发展的时代精神,是铁路全面贯彻落实"三个代表"重要思想和十六大精神的重大举措,从适应全面建设小康社会要求的高度,以强烈的历史使命感和责任感,规划了新世纪中国铁路跨越式发展的伟大工程,绘制了中国铁路加快实现现代化的宏伟蓝图。我们应从这种大局中把握发展多经的重要性、紧迫性和战略机遇性。铁路多经的产生和发展,是伴随着中国社会主义市场经济发展而产生的一种必然结果。多经企业存在,不是权宜之计,而是在相当长的历史阶

段中存在和发展的战略任务。其主要依据是：

1. 发展多经，是适应我国生产力发展水平的必然产物。新中国成立五十多年来，我国的国民经济有了突飞猛进的发展，但总的来说，生产力发展水平还很不平衡。目前我国既有现代化的大生产，又有原始式的手工劳动；既有高度发达的现代化技术，又有"牛拉人耕"的现实。生产力的这种多层次性和不平衡性，以及生产力组织结构和分配的多样性和分配的不均衡性，从总体上决定了我国所有制社会结构和企业经营状态的多层次性，这为铁路发展多经提供了客观的理论依据。

2. 发展多经，是社会主义市场经济发展的必然要求。历史的发展表明，一个国家可以越过某一社会形态，直接跨入更高的社会形态，但是任何国家都不可能跨越市场经济这个阶段。社会主义市场经济的发展，不可避免地决定了铁路企业内部和企业之间成了真正的商品经济的关系。尤其是随着市场经济的逐步完善，价值规律已成为铁的杠杆，无情地作用于铁路企业的生存发展，也将铁路多经企业推向了激烈的市场竞争。按照现代企业制度和《公司法》的要求，企业都是相对独立的经济实体，本身自主经营，自负盈亏。事实表明，多经企业的存在，既是发展社会主义市场经济的需要，也是铁路自身发展的需要。

3. 发展多经，是铁路实现跨越式发展的内在需要。"跨越式"发展战略思路的提出，洞悉了中国铁路问题的实质，抓住了中国铁路发展的关键所在，具有深刻的理论前瞻性和重大的现实指导意义。不仅为中国铁路今后的发展指明了方向，同时也是对我国基础设施领域发展模式的重大战略创新。跨越式的发展，将不可避免地带来种种变革。运行多年的铁路四级管理模式，随着铁路分局的撤销，运输调度指挥发生了根本性的变化；生产力布局调整适应了"大生产"的需要；科技进步的推广，铁路安全、效率、效益将还会有突破性的变化。到2003年底，中国铁路营业里程已达7.3万公里，路网规模跃居亚洲第一、世界第三，今后还将会发生进一步的变化。铁路这种跨越式发展的状态，一方面要求多经企业也要加快发展，增强市场竞争力；另一方面要求多经企业为铁路延伸服务和人员分流提供强有力的保证。随着政策的深入、生产力布局调整，铁路内部下岗、岗下及待岗人员不断增多，大力发展多经事业是再就业工程的重要载体。

认识的高度决定着多经发展的程度。这是被事实证明了的正确结论。如果对多经的历史地位、历史作用没有一个清醒的、全面的、客观的理解和认识，要搞好多经事业，只能是空中楼阁。因此，从事多经工作的同志，应充分认识自己所从事的多经工作是一项伟大的事业，自觉增强做多经工作的事业心和责任感，主动克服多经"不好干，没奔头，难发展"的思想，埋头苦干，与时俱进，科学经营，健康发展，去夺取两个文明建设的双丰收，为推动铁路跨越式发展做出积极贡献！从事运输主业的各级领导，也应从思想感情上和实际工作中，对多经干部一视同仁，应积极支持多经事业，充分关心和支持多经干部，极大地调动他们的积极性和创造性。

二、从特性上适应，把严管搞活作为基本的方针

发展多经企业，既是成功的创举，又是崭新的事业。对其发展必然有一个不断深化认识，不断总结提高，不断掌握运用规律的过程。在这一过程中，客观地认识把握多经的特性，具有非常重要的意义。其特性主要有以下五点：

1. 投资主体多元化。铁路多经经过20多年的发展，尤其是推行现代企业制度以来，铁路多经企业绝大部分都按照《公司法》的要求，改制成为符合现代企业制度要求的公司。尽管这种股份结构仍然以路内投资为主，但总归是具有划时代的意义。这种投资主体的多元化，相应地建立健全了股东会、董事会、监事会和经理班子的运作方式，与原来上下级的管理模式发生了根本性的变化。

2. 人员结构多样化。多经企业是铁路面向社会的一个前沿阵地，是一个比较复杂的社会式的多功能联合企业。因此，其人员的结构呈现了十分复杂的特点，从来源看，有路内录用的、借调的，也有路外招聘的；从性质看，有全民所有制职工，有集体所有制职工，还有合同制职工和临时工；从年龄看，有一技之长被返聘的退休职工，有年富力强的壮年，还有

十七八岁的青年；从工种和职务看，行政管理、技术干部、各类工人、服务人员，可谓工种齐全，职业多样。这一点，对提高职工整体素质，对提高两经企业的整体作战能力有一定的益处，但是也大大增强了管理的难度。

3. 管理范围多业化。这是多经企业的又一重要特点。为适应多经多种经济成分、多种人员构成的现实，扩大经营范围，实行全方位开发，必然地成为其重要的经营战略。事实上，近年来，随着铁路改革事业的发展和日益激烈的竞争，多经的管理范围在日益扩大。不少多经企业已经跨越了建筑业、工业、运输业、服务业等多领域、多行业。一般来讲，铁路局多经集团都管理着十多个行业的上百个工种。这一特点的好处是，各行业之间可以互补、互助、互促，可以提高竞争能力，避免某一行业不好导致整个事业的衰败，并可创造良好的经济效益和社会效益。难点是，管理难度极大，不易选配造就精通各业的"专家"。

4. 经营环境多变化。一方面是市场形势的变化。价值规律的作用，使本来复杂的市场出现了千变万化的态势。加之，国家政策对某一行业的调整与限制，物资供应的变化，甚至国际上的影响等等，都对多经的发展起着举足轻重的影响。这种外部环境的变化，既可以促进某行业某一时期的飞速发展，亦可造成某行业的衰退以至倒闭。另一方面是内部环境的变化。包括与形势相关联的思想行为变化，主业结构上的调整，生产力布局重新整合，人员的交替流动等等。经营环境多变的这一特点，其有利之处，可以打破封闭落后的传统生产方式，增强风险意识和竞争意识，大大促进企业内部经营机制的完善。不利之处是对变化莫测的市场环境难以把握，加上内部变化的因素，稍有不慎，就会使多经企业陷入困境。

5. 领导渠道多头化。这是铁路多经企业区别于其他企业的显著特点。某种程度上具有铁路"站段"的特质，也具有铁路企业的特点，还具有法人公司的特性。因此，在领导关系方面出现了多头化的现象。在实践中，多经企业既要服从股东和董事会的领导还要服从路局主管部门的管理，也要接受地方管理机关的领导；既要接受路内有关部门的指导、检查，也要服从地方工商、税务、卫生、环保、治安、消防及居委会等部门的检查监督。这种体制，信息多，合力大，是多经企业得以发展的重要保证。但是多头请示，容易相互扯皮，失去有利时机，多头检查验收，又往往牵扯主要精力，也就构成了多经发展的一种弊端。

铁路多经企业在上述普遍特性中，包含了一个根本性的内容，即主业对多经的依托性。铁路多经从主业分离出来；同时又服务于主业，多经与主业密不可分，是主业的"蓄水池"。铁路"跨越式"发展，就是大跨越，大跨越就是大发展，大发展必有大机遇。多经企业要瞄准"跨越式"发展的机遇，仍然把服务于主业作为自己神圣的使命，做到巩固路内市场，开拓路外市场。从而借"跨越式"发展的机遇，有效地实现多经产业的快速健康发展。

铁路多经企业的这种特性，决定了铁路多经企业管理经营的复杂性和艰巨性。事实反复证明，搞好铁路多经必须坚持一个基本的原则，即严管和搞活。严管，就是要充分运用行政的、法律的、审计的、监察的、教育的多种手段，严格管理，规范经营。俗话说，没有规矩，不成方圆。对于在市场经济复杂条件下经营的多经企业，离开了严格管理是绝对不行的。严管是对国家负责，是对铁路负责，同样也是对企业和经营者负责。严管是企业健康发展的重要保证。但也应注意，严管不是"管死"，也不能"死管"，不能向管站段、管车间那样，用单纯行政的方式管理有限责任公司，不能重复"一人有病，大家吃药"的方法。在严管的同时，要注意"搞活"。搞活，不是乱搞，而是要落实企业经营者的经营权，这也是保证企业健康发展的重要保证。当前，应该重点保护经理人的积极性，要落实《公司法》赋予经理人的职权和义务。经理人经营权不落实是当前以至今后应重点解决的问题。比如银行存款问题，本来是企业的正常经营环节，现规定只能存活期，不许有定期，十分荒唐。还比如公司实行财务委派制，本应是经营部与分公司的经营模式，也推广到有限责任公司，剥夺了《公司法》赋予总经理的提名权和董事会的批准权，等等。都应引起高度重视，认真加以解决。

三、从机制上适应，把发展创新作为永恒的主题

发展多经，是一项系统工程，建立和完善机制的保证作用更显得十分重要。从机制上适应，就是要全面落实《公司法》赋予董事长、监事会和经理人各方的权利、责任和义务，把决策权、监督权和经营权合理界定并充分落实。在这方面，应重点推行"三化"：

1. 推行经理人职业化

职业经理，是指具有丰富的经营管理知识、管理经验、良好的职业道德、对法人财产拥有经营权和管理权并承担保值和增值的责任，受聘于企业，以经营管理企业为职业的人员。目前，铁路多经企业经理人的选聘，大部分属于聘用任命制。这种方式在一个时期是必然的选择。但随着企业发展的国际化，应大力推行经理人的职业化。经理人职业化，是在市场经济条件下，企业选配经营者的需要，也是经理人寻取舞台的需要，还是国际上知名企业成功的经营机制，更是中国企业走向国际化经营必然的一种趋势性选择。这一步总要走出去，关键是实践问题，推行比不推行好，早推行比晚推行好。铁路多经企业，应有一个明确的时间表，对现任的经理人，应分期分批进行学习培训，在规定时间内取得经理人的资质；同时应根据资产和经营规模，界定初级、中级和高级经理人的上岗标准。对今后所聘用的经理人，采用先培训，后上岗，不培训，不上岗的原则，以保证有一定的多经工作的经历和经验。

2. 推行董事长实职化

目前，铁路多经企业的董事长大多是兼职的，对经理人主要采取授权经营方式。这种机制不适应新形势新任务的需要，不利于企业的健康发展。《公司法》明确指出，董事长是公司的法定代表人，这就从法律上确立了董事长在企业的重要地位和重要作用。董事长最好实职化，最好在公司工作，法定代表人不在公司工作，是一种机制上的缺陷。法人代表采取委托经营方式弊端不少。第一，受托人履行法定代表人法定的职能；第

二，兼职董事长以多种身份工作，何时以何种身份开展工作，难以界定；第三，董事长缺位，可能造成经营的"失控""失误"或引发不必要的矛盾。鉴于此，凡多经有限责任公司，应推行董事长的实职化。凡资本和经营规模较大的公司，都应由控股方派任专职董事长；资本和经营规模较小的公司，也可考虑董事长兼任总经理，也可以实行执行董事长。不论何种方式，应使董事长在公司工作，在公司列支，形成一种董事长对国家、对股东、对企业、对职工全面负责的机制。

3. 推行监事长专职化

监事会是企业依法经营的保证机构，监事长在企业运行中的作用显而易见。但目前的情况是，监事长一般由控股方委派兼职担任，这种派任方式在实际运行中亦有问题。第一，监事长缺乏统一的学习培训；第二，监事内容方式在集团内未能统一；第三，一般情况下只是在列席董事会时听取报告，履行职责。那么如何实行专职化呢？笔者认为，应在铁路局多元集团公司设立监事部，选配专职监事、集中培训、统一标准，由每个监事专职任几个所属控股公司的监事长。这样，对于履行监事长职能，对于监事工作经常化、制度化是十分有益的。

对于从机制上适应"跨越式"发展，一方面应合理、科学地界定好董事会、监事会、董事长和经理人的责任和义务；另一方面应深入思考，积极探索，与时俱进，大胆创新。这样，才能使企业健康发展，永葆青春。

结论：铁路跨越式发展，为多经事业提供了舞台和契机，铁路多经完全应与主业一样在实现"跨越式"发展中取得辉煌的成绩。只要我们把多经作为一项伟大的事业，而又科学地认识和把握多经的特性，并且在实际工作中敢于管理、善于管理，埋头苦干、科学经营，就能大踏步开创多经工作的新局面。我们对铁路多经事业的发展充满信心！

注：此文完成于2005年11月15日。2006年8月22日被新华社多媒体数据库综合版发布，从而进入了决策参考库。

《孙子兵法》将帅论与企业家刍议

(2009年10月9日)

《孙子兵法》是我国兵学最古老的理论著作之一，集中体现了"武经"之精华，其缜密的思想，深邃的哲理，赢得了中国乃至世界的推崇。该书中提出"将者，智、信、仁、勇、严也"。我们亦称之为《孙子兵法》的"将帅论"。"将帅论"是《孙子兵法》中的大论题，也是治国治军的关键所在。孙子说："夫将者，国之辅也，辅周，则国必强，辅隙，则国必弱"。可见，将帅的选择是国家大事，他们主导的战争关系着国家的存亡，民族的命运。无数的战例证明将帅承担战争胜负之半的责任，具备此"五德"则胜，不备"五德"则败。这是一条颠扑不破的真理。从秦始皇灭六国建皇权，到三国演义传唱千年；从蒙古铁骑横扫欧亚，到清兵入关大清一统；从军阀割据兵荒马乱，到新中国成立，都雄辩地证明了这一点。

在浩如烟海的战例中，最使我们感动的是中国人民解放军的缔造者——毛泽东同志的军事思想和指挥艺术。毛泽东同志既是《孙子兵法》将帅论的实践运用者，又是其伟大的发展创新者。将帅论，对于商界同样具有真理性的意义。企业家备"五德"则兴，不备"五德"则衰。因此，本文试图通过毛泽东同志军事实践和当代中国知名企业家成功的展示，进一步揭示其在实践中的重要作用，从而使企业家自觉地把将帅论中的"五德"作为行动的座右铭，成为企业发展的不竭源泉。

一、智慧，胜利和成功之本

智慧，是聪明，有见识、有才智的代名词，是指对事物能够迅速、灵活、正确理解和解决以及发明创造的能力。《淮南子·主术训》就指出，"众智之所为，无不成也"。事实证明，智慧是军事胜利和企业家成功之根本。

将帅作为战略家，必须具备真智慧和大智慧。第一，必须高瞻远瞩，能够放眼世界，从人类生存的最大范围，把握战争的发展趋势；第二，必须具备清醒而准确的判断力，制定夺取胜利的战略规划和决策战术；第三，必须具备当机立断的决策力，这是职业领袖人物所必需的职业智能。在这方面，毛泽东同志真可谓"军事之神"，完全可以称之为《孙子兵法》原理之下的"毛泽东兵法"。"枪杆子里面出政权"的伟大论述和实践；井冈山会师和反围剿的胜利；长征途中的四渡赤水出奇兵；反击胡宗南的延安保卫战；抗日战争中的八路军游击战；解放战争中的辽沈、平津、淮海三大战役，等等，无不充满了智慧的光芒。中华人民共和国的建立，就是中国共产党、毛泽东和其将帅们、战友们伟大智慧的结晶。

同样的道理，企业的竞争也是智慧之竞争，企业成功，智慧为本。谁当称雄，海航陈峰。陈锋，精儒释之道，提出"为人之君，为人之亲，为人之师"的"三为一德"工作法，可以称之为企业管理的智慧之神。他任海航集团董事长、海南航空股份有限公司董事长，使海航取得了突飞猛进的发展。经过十几年建设和运营，海航集团总资产从1000万元起步发展到470多亿元，形成了以航空运输业为主业，集航空运输、机场管理、酒店旅游和相关产业板块为一体的大型企业集团，员工超过了2万人。海航偏居一隅，地处航空运输网的神经末梢，生存空间狭窄，又面临资深行业竞争对手，要有作为，谈何容易！但他成功了，靠什么？首靠智慧，还靠机遇和奋斗。陈锋作为我们山西老乡，真是心中的偶像和学习榜样。我们上海金宝公司从1992年到大上海创业，经历了17年寒来暑往，取得了一定的经营业绩，实质上也是斗智斗勇换来的。以前这样做了，今后仍然要继续坚持。

二、信守，胜利和成功之基

信守，诚实不欺，自身确有善德，称为信。这是儒家着重提倡的道德规范之一。《论语·学而》就将"敬事而信""谨而信"。言而无信、事而无信，是古往今来败坏和失败的代名词。因此，信守是军事家、企业家成功之重要基础。

守信，在军事上首先表现为：将帅必须"言必行，行必果"，取信于民，取信于军。傅作义，原国民党三星上将，国民党"华北剿总司令"，因北京和平解放有功，毛泽东承诺重用，其在中华人民共和国水利部长职位上一干就是23年，传为佳话。同时，将帅必须树立起明显的威信。威信来源于将帅固有的权力和智慧，来源于将帅个人的道德与品格。在战争中，有令不行，将有全军覆没之险。将帅因其个人的品格、经验、学识、赏罚分明以及爱兵之心所形成的威信，才是他行使命令、指挥三军的基本保证。这方面，解放军和毛泽东主席是优秀之代表。此外，将帅威信是军队集团荣誉的化身，是协理军内环境、凝集兵员的内聚力。古代出征，军团所执战旗多以将帅姓氏为标志，足见领袖的价值。将帅是军团的旗帜，是军团的灵魂，是军团的代称，现代战争也习惯以将帅姓名代称军团，比如刘邓大军等等。最后，全军将士还必须形成共同价值观的信守，攻无不克，战无不胜。董存瑞舍身炸碉堡就是这种英勇信守的典范。

守信，不但在军事上需要，在商界更显重要。守信，就能成功；守信，就有威信。当今商界，信守典范何许人也？唯"巨人"史玉柱。他研究生毕业后，于1989年"下海"，在深圳研究开发M6401桌面中文电脑软件，获得成功。1994年，开始在珠海建设巨人大厦。原计划建成18层的办公楼，后来不断更改设计，直到最后的78层，成为当时设计中的"中国第一高楼"，共需投入资金12亿元。天有不测风云，资金链断裂，企业倒闭。此时，按照法律规定企业倒闭，债务可一笔勾销。但史玉柱庄重表示一定偿还全部债务。四年后复出，奇迹般地全部兑现诺言，温暖了多少国人之心。在中国经济改革的浪潮中，史玉柱无疑是具有传奇色彩的创业者之一。从一穷二白的创业青年，到全国排名第八的亿万富豪，再到负债两个多亿的"全国最穷的人"，再到身家数十亿的"资本家"。在民营企业家命运沉浮变换的序列中，史玉柱再次崛起的故事，突显出"信守和执着"的魅力与价值。坚持信守，也是我们金宝公司的经验之一。1996年公司开发的"金新花园"项目，由于种种原因推迟交付6个月，公司主动履行延期赔付责任，受到了一致的好评，信守成了我们立足上海的自觉行动。

三、仁义，胜利和成功之魂

仁，同情、友爱，仁至义尽也。这是古代儒家一种含义很广的道德规范。《礼记·中庸》说"仁者，人也，亲亲为大"。指人与人之间相互亲爱。孔子言"仁"，以爱人为核心，包括恭、宽、信、敏、惠、智、勇、忠、恕、孝、悌等内容。而以"己所不欲，勿施于人"和"己欲立而立人，己欲达而达人"为施行的方法。古今中外的历史证明，仁爱是军事胜利和企业成功之灵魂。

"仁"德作为新兴地主阶级的思想武器，理所当然地成为统帅必备之德。兵之所失，不在于一时的胜负，古今名将用兵，无不以安民、爱民为本。古人说"统兵不知爱民，即百战百胜，也是罪孽。"军队是植根于民众中的，战争之胜败，先要看民心之违从，因为赢得战争的总是人。武器可以改变，然而人的本质，人们为正义而战的意愿，是不会改变的。中国人民解放军的治军原则，核心是官兵一致，正是古代治军精神的时代体现。中国革命的胜利证明，共产党领导的人民军队是仁义之师、仁爱之师和胜利之师。毛泽东主席提出的"为人民服务"，体现了"广仁"和"大仁"的思想，形成了共产党的革命宗旨。为民、爱民、助民的风范和秋毫无犯的举动,"天使"般地展现在了国人面前,增加了无穷的战斗力。毛泽东主席爱护将领、信任将领的胸怀和真情,曾温暖了彭德怀、聂荣臻、许世友、粟裕等多少将领,使他们义无反顾地投身到了革命的伟大战争中。毛泽东的战士——雷锋,更是"仁爱"的典型代表。他那"把有限的生命投入到无限的为人民服务之中去"的境界和实践,如同清新的"佛语",谱写了共产党"仁爱"的新篇章,教育鼓舞了全国人民和全国青年,可谓流芳百世。

仁爱,是四海皆准的真理,也是企业家必备的德行之一。具备仁爱,财富自来;体现仁爱,海尔为最。海尔的创始人张瑞敏,是中国企业界"爱员工,爱顾客、爱社会"的优秀代表。爱员工,他尽己之能,尽己之力,尽己之智,正确处理了分配关系,海尔的全体员工有尊严、有理想、有荣光;爱顾客,海尔制造了一流的优质产品,"真诚到永远"以及神话般的"童男女"商标,博得了千百万顾客的青睐;爱社会,他将海尔的生产基地建立在美国等资本主义国家,造福了中国人民和世界人民。张瑞敏是"仁爱"的化身,也是"五德"的典型。1984年,张瑞敏由青岛市原家电公司副经理出任青岛电冰箱总厂厂长,在他的领导下将一个亏空147万元的集体小厂迅速成长为中国家电第一名牌。创业初期,只有一个产品,全厂职工不到800人,目前海尔拥有42大门类8600余规格品种的名牌产品群,职工2万多人。2005年11月,英国《金融时报》评出"全球50位最受尊敬的商业领袖",张瑞敏荣居第26位,是唯一一位上榜的中国企业家。仁爱无疆,仁爱无忧。我们金宝公司也是在仁爱的旗帜下前进的。公司从成立起,也就逐步建立起了"节日慰问,互相关爱,奋斗实惠"的机制,把事业和友爱的情景留在了每个人的心田。

四、勇敢,胜利和成功之翼

勇,有胆量,敢干,奋勇前进也。也指不畏避,不推诿,敢于承担责任,《论语·子罕》写道"勇者不惧",亦为果敢。《墨子·经上》曰

"勇,志所以敢也"。勇敢,战争胜利和企业成功的重要条件和决定因素,可称之为腾飞的"双翼"。

勇敢是将帅人格精神的职业化的集中显现。战争是充满了危险的领域,在危险环境中斗争,最可贵的精神力量就是勇气。战争中的一切活动,连同后勤供应都是在危险的环境中进行的。在厮杀格斗、炮火硝烟的战场环境中,经常出现意想不到的偶然情况,将帅指挥判断敌情时,除了指挥运筹之外,还要靠勇气支持。将帅的勇德是领袖式的勇德。将帅之勇不是"一夫之勇"而是"万夫不挡之勇"。因此有勇有谋是全才。良将还必须有深韬远略,他所具备的勇敢应是摆脱了"个人"随心所欲的鲁莽,而应是服从于战略目标的,不计一时得失的真正的武德式的勇敢。毛泽东同志也是这方面的典范。1945年他率领中共代表团赴重庆国共谈判,柳亚子先生称之为"弥天大勇";1947年的延安保卫战,胡宗南大军压境,"李德胜"审时度势,小部队周旋,传为美谈;1948年,傅作义准备十万大军突袭西柏坡,"空城计"退敌扬名,鼓舞人心;抗美援朝,带头让长子毛岸英上前线,献身疆场长眠朝鲜,感化了众生。他的战士——黄继光,用身体堵枪眼,更是威震四方,真是泣鬼神的壮举,钢铁战士应是真实和无愧的美名。

谈到商界之勇,更是层出不穷,唯选汇源朱新礼。他1992年下海,先后荣获"山东省农业劳动模范""北京市优秀共产党员""全国五一劳动奖章""全国首届创业企业家""中国农产品加工业功勋企业家"等众多殊荣。何能成功,勇敢唯先。1992年,他为了抓住机遇,更好地体现自己的人生价值,坚决辞去县外经委主任职务,勇敢下海;1993年,他又勇敢地在沂源办起浓缩果汁生产加工基地,产品热销德国;1994年,为干一番大事业,力排众议,到北京顺义建起现代化的果汁加工厂,实现了大跨越。靠着勇敢和智慧,他从山东沂源到北京发展,变成了行业的骄子,造就了一个民族品牌。北京汇源饮料食品集团有限公司,成了目前中国最大的果汁蔬菜饮料企业,市场占有率连续多年居全国同行业第一。从朱新礼身上,也看到了金宝发展的身影。1992年从北京来到上海创业发展;1993年从事了崭新的房地产行业;1998年重组为有限责任公司;2002年调整为商贸型企业，今后也一定要坚持以勇称雄。

五、严管，胜利和成功之力

严，认真不放松，严厉、严格、严办也。要求严加管束，责己从严。《管子·小问》说"坚中外正，严也。威严。"《诗·小雅·元月》也将"有严有翼"。严明，军队胜利和企业成功之力量所在。

严，是将帅的行为准则。"严以治军，正直无私，我不怕人，人皆敬我，此为将之根本。"威严是凛然不可犯的气度。对敌人，勇毅敢战，对士兵，赏罚分明，号令严正。主将号令三军，其重在整肃。诸葛亮说："师出以律，失律则凶。"即是说严肃军令才是取胜的保证。将帅之威严，是指将帅应具有令出即行，令全体将士肃然起敬的形象。常言道，严于律己，方能律人。"其身正，不令则行；其身不正，虽令不从。"将帅治军，自我严格要求，必然取信于军士，使令必行，行必果。将帅严于治军必依法度。随着时代的发展，军队组织的建制越来越系统化。一个庞大的组织系统，没有严格的制度、统一的意志和高度的协调性是不行的。古人曰："有制之兵，无能之将，不可以胜；无制之兵，有能之将，不可以胜。"就是说将帅个人的才能无论怎样高超，都难以指挥乌合无制之众。作为军人，在他们所有的军事属性中，最令人赞叹的是勇气；对于军队，在他们所有的属性中最令人赞叹的应该是严正的军纪。解放军的军纪严明，举世闻名。特别是今年国庆"六十"周年的阅兵式，解放军昂扬的斗志，雄壮的队伍，矫健的步伐，真是惊讶和震撼了全世界。党对军队的绝对领导，支部建在连上，是军纪严明的组织保证；人民子弟兵和"三大纪律，八项注意"，是军纪严明的规范保证；自觉强制，奖罚分明，是军纪严明的手段保证；领导带头，起表率作用，是军纪严明的示范保证。毛泽东的战士——邱少云，是自觉执行军纪的榜样，燃烧弹烧身，献出了生命，可歌可泣，受人敬重。

严格管理，严格经营，其代表人物为小天鹅董事长朱德坤。他确立了公司6天工作制。他说：要缩短与世界的差距，必然多干。他对招聘博士等人才，只供两种选择：创业者的选择和工作者的选择。朱德坤确立了"以洗为主，同心多元"的战略。核心产品是洗涤产品，核心技术是洗涤技术。同心多元是以洗涤产品为核心，进行产品的延伸和市场的拓展，首先是白色家电领域的延伸和拓展，坚决不搞"多元化"。朱德坤给权利戴上了"紧箍咒"。董事长动用资金最大权利是500万元，超过500万元无效；职工福利、奖金、职工收入，超年收入计划的10%，总经理签字也无效。董事会投票表决，必须十票以上方生效。小天鹅共12个董事，9个中国人，3个外国人（分别代表3家外汇基金，十票以上意味着至少一个外方董事同意）。朱德坤从不开庆功会，但不断反思，对企业存在问题进行无情地剖析。他还提出谁的本钱大，谁当董事长；谁的本事大，谁当总经理。由于他严守规矩，严格管理，从而使小天鹅公司取得了超常的发展。无锡小天鹅股份有限公司前身始建于1958年，从1978年中国第一台全自动洗衣机的诞生到2008年品牌价值达130.02亿元，成为世界上极少数能同时制造全自动波轮、滚筒、搅拌式全种类洗衣机的全球第三大洗衣机制造商。对照朱德坤的"严"管理，我们金宝公司倍感差距很大。业态多次调整，董事会多次改组，经营均未达到理想状态。今后要立志改革，追求鼎新。

　　结论：《孙子兵法》将帅论中的"五德"，是中华文化的宝贵财富，是"毛泽东兵法"的理论基础，是企业家发展事业修身养性的座右铭。坚持"五德"就能成功，不坚持"五德"就会失败。这是被实践证明了的真理。我们呼吁企业家，勇于承担起历史赋予的使命，为实现中华民族的伟大复兴而努力践行"五德"，并在各自的实践中进一步发扬光大！

　　注：此文完成于2009年10月9日，为清华大学中华文化精髓与现代管理方略高级研修班（上海国学四期）结业论文。此文被上海企业协会会刊《上海企业》杂志刊登发表。

第二章 杂文篇

关于对神头采石场
实行记分算奖情况的调查汇报

（1979年9月5日）

根据处领导指示精神，我和智延年同志于八月三十日赴神头采石场，历时三天，采取座谈、查记录等形式，对其记分算奖试行情况进行了调查了解。目前，该场职工的综合奖仍然是分三等月末评比；优胜循环红旗评比竞赛，以班组为单位实行了记分评比；计件工资分配，在采石车间二工班试行了记分算奖。现将该场记分算奖的试行情况、存在问题以及我们对今后改进的意见汇报如下：

一、优胜循环红旗竞赛中的记分评比

今年三月份，该场针对班组之间优胜循环红旗评比竞赛，靠印象评，说服力不强，互不服气的情况，实行了以班组为单位，以完成任务、安全质量、出勤率、节约四大指标为内容的记分评比办法。具体记分评比情况是：完成任务为35分，超额1%增加1分；安全质量为20分，安全无事故10分，质量按标准每月检查三次，两次不合格减5分，三次不合格不得分。发生重伤以上事故和质量不合格取消评比资格；出勤率为25分，出勤90%以上为满分，85%以上为20分，80%以上为15分，80%以下不给分；降低消耗节约材料为20分，达到消耗定额，节约了材料的给满分，造成浪费的不记分。经评委会评比分数最高的为优胜，除发给流动红旗外每人平均发给一元的奖金，第二名给零点八元。实行这个办法，用计算数字代替了大家坐在一起评议，方法简便，节约时间，且各工班都比较满意服气。但存在的问题是：

1. 优胜班组所得奖金，因数量太少，不好分等评给个人，没有很好发挥作用。

2. 四项记分条件比分不太合理、全面，有一定的局限性。

二、计件工资中的记分分配办法

去年以来，该场在局、处两级劳资部门的指导下，在水泥和采石车间开始试行以班组为单位的计件工资制。工资的分配量将班组内一月创造的总收入，减去每个工人的基本工资，剩余分按参加生产的人数平均分配。采石车间为改变这种吃大锅饭的状况，八月份，在二工班试行了记分算奖的办法。这个办法是，给搬运荒料（生产石渣的重要工序）的职工定了推车数和底分数。一个工日搬运荒料五车，或者搬运石渣硝四车，或红泥土三车，基本分都为十分。在此基础上每超一车加两分，辅助生产人员取搬运荒料超额分的最高最低的平均分。八月份最多的超了十七分，最少的超五分，辅助生产人员即为十一分。若民工推一车荒料给零点三二元的工资数，每分可值零点一五元左右，这样超额最多和最少间的差额大致是二到三元。这部分钱仍在计件工资中开支。详细计算结果可到九月十五日。这种记分算奖办法只考核基数，没有其他依据，也没有任何辅助条件，还很不完善，仍需要进一步地充实和改进提高。目前存在的主要问题是：

1. 没有抓住主要矛盾。该场直接生产职工有一百五十人，民工有三十多人（全部搬荒料），合计共有一百八十人左右。其中职工搬运荒料的只有采石车间的十三至十四个，占生产人员总数的百分之七左右，这就是说职工搞辅助生产的大约占百分之九十还多（和搬荒料的职工相比）。目前，记分考核只算了极小数，辅助人员记中间分，反映不了真实情况，没真正解决问题。

2. 在记分算奖中，职工搬荒料五车的定额数没有科学依据，不太合理。民工搬推荒料的最多可达二十车。

3. 只有奖没有惩，完不成定额的没有扣分的制度。

4. 搬推荒料是一道工作量大的关键程序，辅助人员记中间分，钱超过了一般推荒料的职工的钱数，不符合分配原则。

5. 记分算奖没有一套比较好的办法和措施，有时处在盲目状态。采石车间一个支部书记说，推荒料的超一车给一元钱，很不合理（经纠正没实现）。

三、关于对记分评奖工作的几点意见

1. 采石场实行的优胜循环红旗评比竞赛中的记分评比和我处其他单位按八项经济技术指标不记分评比精神效果基本一致。记分评比是一种形式、方法，可以让有关部门研究、改进，进行推广。

2. 目前，采石场实行的计件工资制，有些地方很不合理。生产每车石渣目前还算不清各个工序分别占到的百分数是多少，民工的生产产量和职工的产量不能如实地分开。民工的定额基准数是每工日三点二元，现在，平均每天可达十到十二元左右，这远超过了定额数。民工开支是以推车数计算的，每车荒料零点三二元，表现是合理的。实质上民工的产量中不少的一部分补充了职工的定额数，等于每车石渣开了两次工资，这也就是可谓的"工人吃民工"。没有合理的定额，就没有合理的分配。建议里很快指配有关部门人员重新考核定额，考核每个生产工序在生产某一单位成品中可占的工作量和百分数，将民工的产量和职工的产量合理地分离开来。

3. 在现有基础上，采石场实行记分算奖，应以多数辅助生产人员的岗位责任制的基本要求为主要内容，把安全质量、劳动纪律作为辅助条件，进行记分评奖。对于工作强度大的少数搬运荒料的职工可采取额外加分的办法。

4. 要做好记分算奖的工作，一定要加强领导，有组织、有步骤、有安排、有措施，扎扎实实搞出成效。要防止无头绪出发，一阵热，盲目搞。

5. 目前，我处各单位的综合奖都是分等评比的。奖金不但没有真正发挥作用，还带来了一些弊端。有的高低等级轮流"坐庄"，变成了较稳定的附加工资；有的相互争闹，影响了团结。建议我处在三季度选择两个点，组织工作组进行综合奖的记分评比办法统一制订。记分的内容、条件、范围应该是：以岗位责任制为主要内容，以产量质量、消耗为主要依据，以安全生产、劳动纪律为辅助条件。总之，要围绕产量、质量、消耗、成本、安全生产、设备维护、环境卫生等方面对每个职工进行绩效记分。

注：此文系1979年作者从太原铁路局工程处政治处干部科干事调任办公室任秘书后完成的第一份调查汇报材料。

浅谈实事求是

（1986年4月1日）

何为"实事求是"？毛泽东同志曾经作了科学的解释："实事"就是客观存在的事物，"是"就是内部联系即规律性，"求"就是我们去研究。这就告诉我们，小至想问题、办事情，大至制定党的路线、方针、政策，都必须尊重客观事实，从实际出发，按物质世界的本来面目认识世界和改造世界。可见，实事求是，是马克思主义的精髓，是我们党思想路线的基本点，是取得胜利、避免失误、做好工作、实现党的总目标的根本保证，也是每个共产党员必须遵循的一条准则。

辩证唯物主义关于世界的物资统一性原理，是实事求是思想路线的基础。它认为，世界是一个以空间和时间为存在的基本形式，按照自己固有规律发展的物质世界。离开这个物质世界，再没有别的东西。因此，我们必须深刻领会尊重这一原理，尊重客观实际，一是一，二是二。顺应这条规律，就会取得成功，违背这条规律，就会遭受挫折、失败。这方面，我们党有许多的经验教训。

革命和建设要取得胜利，必须实事求是。我党正是在马列主义和毛泽东思想的指引下，根据中国的实际情况，走农村包围城市的道路，取得了革命的胜利。新中国成立后至一九五六年的七年间，党面临的任务是尽快发展社会生产力。要发展生产力，首先要变生产资料的私有制为社会主义公有制。针对这种情况党制定了实事求是的路线和政策，顺利地完成了对农业、手工业和资本主义工商业的社会主义改造，取得了举世公认的成就，使中国社会的各项事业得到了迅速发展。

违背实事求是的原则，就会使革命和建设遭受挫折、失败。这方的事例更是发人深省。

实事求是，过去需要，现在更需要。当前，我们正在进行各项改革，许多新的东西需要改变，但没有现成的模式、答案、途径。因此，必须根据实际情况，具体问题具体分析，针对不同情况采取相应的政策和措施。只有这样才能落实坚定不移、慎重出战、务求必胜的改革方针。党中央在改革中的一系列方针政策就是在实事求是的基础上制定出来的，其正确性已被农村改革成功和改革走过的道路所证明。但是，现在也有一些单位脱离实际，不顾实际的问题仍很严重。有的虚报表功；有的盲目"引进"；有的不顾客观实际，想当然办事情。正如陈云同志说过的："我看万元户就没有那么多"。由此可见，不仅现在必须继续进行关于党的思想路线的宣传教育，而且在实现四个现代化的整个过程中也必须坚持。因为客观实际是不依赖于我们的意识而存在，而是按其固有的规律发展、变化、运动着的。我们的想法、目标和任务都要受到客观物质条件的制约。只有从实际出发，理论联系实际，才能使主观和客观相统一；只有知和行相统一，才能实现我们党的宏伟目标。

总之，实事求是是我们党思想路线，是革命和建设的保证，它指引我们取得了一个又一个的胜利。不仅过去要坚持，现在要坚持，而且将来也必须坚持。否则，我们的事业将面临难以设想的困难，这绝不是危言耸听。

注：此文系1986年在山西省委党校省直分校培训班学习时作。

浅谈思想政治工作与发展生产力

(1986年5月16日)

当今，我们党和国家正处在文化建设转型的历史时期，其根本任务就是发展社会生产力。那么，思想政治工作与发展生产力究竟是什么关系？这是一个需要认真研究和探索的课题。因为时到今日，在我们党内、社会上和企业中仍有一些同志对思想政治工作的地位、作用认识不清，还有种种偏见和片面的看法。对政工工作和政工干部，政治上称为"万金油"，奖金发放是老"三等"等等。我们应使政工干部和各行业的同志认识到，思想政治工作是一门科学，它能够促进生产力的发展，而且思想政治工作的成果还可以转化为生产力。

马克思主义的历史唯物主义认为，生产力和生产关系，上层建筑和经济基础，是一个统一的整体，反映着社会三个层次（生产力、生产关系及经济基础、上层建筑）的内在联系。其中，生产关系是中间环节，通过它把生产力和上层建筑联系起来。同时认为，任何社会的上层建筑，都是由经济基础决定的，生产关系又是由生产力决定的，社会的发展归根到底是由生产力决定的。但是，上层建筑对经济基础从而对生产力又具有巨大的反作用。正如恩格斯所说："政治、法律、哲学、宗教、文学、艺术等的发展是以经济发展为基础的。但是，它们又都互相影响并对经济基础发生影响。并不是只有经济状况才是原因，才是积极的，而其余一切都不过是消极的结果。"

历史唯物主义的上述原理告诉我们，生产力决定生产关系，而不决定上层建筑，生产力不够发达的国家，上层建筑可以是很先进的。但是，上层建筑对经济基础以至于生产力的反作用则明显而长期地存在。这是因为上层建筑是为经济基础的需要而产生的，它能服务的经济基础有利于生产力的发展时，就推动社会的发展，反之，就起着阻碍作用。因此，要发展生产力，就必须加强上层建筑的建设，巩固和完善生产关系即经济基础这一重要的方面。

思想政治工作之所以能够作用和推动生产力的发展，从根本上来说，是由它具有"三重性质"而决定的。即党的建设的内容、上层建筑的组成、生产关系中调整人与人之间关系的手段。可见，思想政治工作不仅是一门科学，而且是一门对社会主义建设相当重要的科学。从原则上讲，它是研究上层建筑特别是意识形态反作用于社会经济生活的一门科学。从实践来讲，它是研究各类劳动者的思想发展规律以及他们的错综复杂的社会关系，是整个工人阶级革命理论关系中的一个具体组成部分，是工人阶级为实现自己的历史使命不可缺少的一门革命科学。

上述特点由于思想政治工作的"双重"特性决定的。一是思想政治工作是无产阶级政党的体现，是实现党的最终目标不可缺少的。二是思想政治工作可大大促进生产力发展。常识告诉我们，生产力包含两方面的因素：物理因素（生产工具和劳动对象）和人的因素（劳动者）。它们在生产过程中是结合在一起并共同起作用的。其中，人的因素占有特殊重要的地位，是生产力诸因素中起主导作用的因素。列宁把工人、劳动者称为"全人类首要的生产力"。毛泽东同志也说："在世界上人是第一个可贵的。如果进一步分析，在人的因素中，大体上也可以为两个方面：一是人的劳动积极性，二是人的劳动技能。二者互相影响，相辅相成。"

由此可见，做好思想政治工作是十分必要和紧迫的，它的根本任务就是做人的工作，做提高人的思想觉悟和人的认识能力的工作，是直接、间接地作用于生产力的。他虽然不直接创造物质"价值"，但可以间接地创造"价值"，是促进生产力发展的强大动力。

事实证明，在同样的人、同样的劳动工具和劳动对象的情况下，由于思想政治工作和人的思想觉悟的不同，会产生根本的不同结果。比如，我国的先进生产关系和上层建筑中政治制度等是在生产力基础上建立的。由于生产关系和上层建筑的先进性和无产阶级革命理论的深入人心，极大地调动了亿万人民的积极性，从一九四九年到一九五六年的短短七年中，我国的生产力得到高速发展，各项指标成倍增长，成为社会主义建设事业中光辉的一页。再比如，我们第一工程段在承建石家庄—太原电气化重点工程项目中，任务十分艰巨，原计划两年半建成。由于深入进行形势任务和工程重大意义的教育，要求党团员干部起模范作用，广大职工斗严寒，战酷暑，八小时内"拼命"，八小时外加班，劳动场面十分感人。由于广大职工的冲天干劲及其他因素，使工程进度大大提前，节约造价三千两百万元。整个工程质量好、工期短，被铁道部、国家计委分别授予金质奖和银质奖。与此同时，我们也要指出，片面强调思想政治工作的作用，"政治挂帅""精神万能"也是不对的和十分有害的。"人有多大胆，地有多大产，不怕想不到，就怕办不到"的"大跃进"，不正使我们吃了很大的苦头吗？政治思想工作再重要也不能成为决定作用。

综上所说，既然思想政治工作的成果在一定条件下可以转化为生产力，那么，我们各行各业的领导同志特别是职工干部，就必须更加自觉地重视和发挥思想政治工作的作用，把思想政治工作同改革和其他具体工作结合起来，推动生产力的发展。在具体工作中，要注意"上两个台阶"，推"两个层次"。所谓两个台阶，就是要破除思想政治工作中的传统观点，即认为思想对政治工作就是提高人的觉悟，调动人的积极性，这是对的，但不是根本，只能说是上了第一个台阶。第二个台阶才是重要的。这就是要把思想引导到发展生产和做好工作上去，把观念性的东西变为"实在性"的东西。用生产的效率和效益检验思想政治工作的成果。所谓推"两个层次"，就是一方面要认真进行政治思想教育，提高人们的思想觉悟，解决人们的主要观念问题。另一方面，要在提高政治思想素质的同时，关心人们知识能力和业务素质的提高。使人们既有好的思想，又有好技术，使广大职工群众既有高度的思想觉悟和建设"四化"的最大热情，又成为本行业的专家能手。

思想政治工作的地位是重要的，作用是明显的。让我们解放思想，勇于探索，切实加强思想政治工作，充分有效地利用现有的物质条件和技术条件，大力发展生产力，把我国的社会主义现代化建设事业不断推向前进。

注：此文于山西省委党校省直分校培训班学习时作。

干群鱼水情　企业火样红

——太原电务工程段密切干群联系的调查报告

（1990年7月26日）

太原铁路工程处电务工程大修段（简称电工段），是一个多年来的先进企业。这个段现有职工599名，专门从事铁路通讯、信号基建大修工程施工。近几年来，他们在两个文明建设中，取得了丰硕成果。施工生产任务和各项经济技术指标年年超额完成，所承建的天津枢纽两个通信楼等七项重点工程项目，荣获免验工程，受到上级的通令嘉奖。1989年，该段受到山西省人民政府的表彰，被北京铁路局命名为一级企业并授予文明单位标兵称号。段党委连续四年被评为先进党委，受到局、处党委的表彰。去年，施工生产任务完成计划的111.6%，工程优良率为100%，实现利润58.6万元，全员劳动生产率为21987元，人均创利近千元。今年上半年又完成施工任务621万元，实现时间过半，完成任务过半。

在基建行业竞争激烈、客观环境严峻、普遍走向低谷的时期，电工段能够"柳暗花明"，使企业不断保持了旺盛发展的势头，有什么秘诀呢？原因固然是多方面的，但干群关系融洽，能够精诚团结不能不说是一个重要的因素。正如该段段长王晓东同志所说："干群团结，鱼水相亲，是我们取胜的主要法宝"。

他们密切干群联系的做法主要是：

一、树立公仆意识

电工段领导认为，密切联系群众是我党的优良传统和政治优势，也是办好社会主义企业的重要保证。要搞好干群关系，密切与群众的联系，首先干部要树立公仆意识。为此，段党委中心组多次学习《关于党内政治生活的若干准则》，党的群众路线的有关论述和中央领导同志的讲话，联系实际，深刻认识坚持党的群众路线的现实意义和历史意义。同时把密切联系群众的问题列入生活会的重要内容，进行督促检查，开展批评与自我批评。

党的十三届六中全会作出《关于加强党同人民群众联系的决定》后，段党委和各支部在认真学习的基础上，用整风的精神对照思想和行动，找出存在的问题，制定了改进措施。同时用党课教育的形式，对党员深入进行了党的优良传统和作风的教育，全心全意依靠工人阶级的教育。此外还多次组织了坚持群众路线的专题讲座。在对干部的业余培训中，他们既讲企业管理的办法，又讲工人群众在企业管理中的地位和作用，要求大家认识依靠职工办好企业，是社会主义企业管理的一个基本原则和本质特征，自觉地依靠群众，发动群众，服务群众。

为了强化干部的"公仆"意识，今年，段党委组织开展了"公仆意识强不强"的专题讨论。同行政、工会、团委联合组织了"我为职工多办事，争当党的好干部"活动。广大干部深入基层、深入群众，了解和发现职工的困难，及时解决生产和生活中的问题，受到了职工好评。

二、尊重主人翁地位

电工段党政领导一贯认为，党的工作重心转移，全心全意依靠工人阶级的思想不能变；深化企业内部承包，工人阶级主人翁地位不能变；实行厂长负责制，职代会的权力不能变。为在实际工作中切实做到尊重主人翁地位，保障主人翁权利，这个段先后建立健全了职工代表大会和班组民主管理的工作制度。凡涉及全段的重大问题，都让职工群众事前参与酝酿，事中参与决策，事后参与监督。

今年召开职代会，住房、奖金分配等涉及职工利益方面的方案全部经代表们举手表决。其中有一项82%的代表投了反对票，段领导尊重代表的意见重新讨论修订，最后一致通过。对企业的生产计划、承包方案、职工福利等重大问题，由工会负责提前将草案发至全段职工手中，根据职工意见，进行研究修订，公布实施。目前，全段实行了领导分工、住房分配、工资晋升、职称评定、奖金分配、职工家属农转非等"六公开"制度。他们在入党、评先、提干、住房分配上优先考虑一线工人。1989年以来，全段共发展4名党员，其中3名是一线工人。工人转干10名，其中有8名是一线的生产尖子。段领导连续几年被职工推选为先进，但他们坚决把指标让给了工人。

这几年，全段自筹资金新建住房90套，在制定《分房办法》时，规定一线职工可增12分，使工人分到的新房占到总数的78%。他们还明确规定，发放奖金，机关不得高于现场，干部不得高于工人。去年全段人均发奖751元，其中工人人均784元，管理和服务人员人均675元；工人最高得到1270元。以前，机关干部一般拿现场职工奖金的85%，今年五月份以来，实际只拿得到职工平均奖的80.12%。

三、沉到一线解决问题

段党委按照党风责任制和党员责任区活动的要求，对党委委员和行政副职实行逐级包保的定点联系制度。他们都能够负责地深入到自己所包点指导工作。段长王晓东同志到他所包的队一住就是30多天。与此同时，他们还根据工作需要，实行定点定时的现场办公，解决存在问题。每年年初的任务落实，职代会以后的贯彻，都要集中下去。近年来，段主要领导一年有三分之一的时间在施工工地,特别是主管生产的领导和工程技术人员以及队、所干部,常年吃住在工地。他们身处第一线,身边有群众,心中有情况,工作有点子。

在同职工直接联系的过程中,各级干部十分注意倾听群众的呼声和对生产管理的建议。主要领导同志更是坚持以"小学生"的姿态出现在工人中间。1989年,段长王晓东同志,针对承包中出现的问题,提出新的设想,通过和工人见面,召开座谈会讨论,终于写出《坚持承包制,完善承包制》的论文,受到了领导的重视,获我处深化改革研讨会一等奖。

与职工同甘苦是电工段干部的好传统。该段干部每到施工现场,便与职工一起挖沟立桩,一起铺缆接线,同工人吃住在一起,从不搞半点特殊。在长期的工作和生活中,干部与职工群众建立了深厚的感情。职工有话愿意同他们讲,有建议愿意向他们提,特别是对全段的重大问题,职工往往找段队领导提建议,出主意,使他们及时了解掌握了各方面的情况,在生产决策指挥中更加得心应手。用段长王晓东的话来说:"我们段的重大决策,百分之八十来自职工群众"。职工群众也普遍反映:"我们段里干部最大的特点就是和工人一样,没有架子"。

四、参加多样式劳动

干部参加集体生产劳动,是电工段的优良传统。党政领导始终把干部参加集体生产劳动作为转变作风、联系群众的主要方法,做到了常抓不懈,长期坚持。去年以来,他们进一步充实和完善了干部参加集体生产劳动制度,主要采取了三种形式:

一是集中突出劳动。这个段不雇佣民工队,劳力紧缺全靠内部挖潜解决。因此,机关干部就自然地成为一支举足轻重的"劳动大军"。每当施工任务紧张时,全段都要组织几次突击性的劳动。在天津站施工中,为确保工期,段机关只留六名干部坚持日常工作,其他全部集中到施工现场,顶班上岗,有的同志一干就是一两个月。今年上半年又组织400余人次参加了劳动。

二是定点轮换劳动。主要是定人、定点、定期地组织干部进行劳动。今年上半年，段里要集中预制混凝土板，劳力很紧张，他们就从段机关9个股室，组织干部轮流跟班劳动，坚持了40余天。

三是现场跟班劳动。这个段根据不同层次干部的特点，提出了参加劳动的不同要求。段机关每人每季不少于4天。而要求工程队干部结合工作实际，实行跟班劳动制度。队、所干部基本做到了每日必到现场，跟班劳动每周达到2至3天。据职工反映，支部书记、队长参加劳动已形成一种自觉的作风。

在干部参加劳动中，段领导起到了表率作用。四月份在榆次放电缆时，沟窄而且有水，段党委书记年桂林同志夜间陪视病危的岳父，白天又赶赴现场，不顾年高，带头爬沟、扛线，和工人们同样一身泥、一身汗。在天津站铺设电缆工程中，电缆沟里的积水臭味扑鼻，段领导带头跳入齐腰深的水中工作，高效优质地完成任务，受到领导和职工的赞扬。同时他们还不断加强了对干部劳动考察考核，使干部劳动向经常化、制度化迈出了新的步伐。

通过参加集体生产劳动，既使干部受到深刻的教育，又进一步增强了同群众的感情，密切了干群关系，更创造了物质财富，受到广大职工的衷心拥护。工人们说，"有这样的干部队伍，没有战胜不了的困难、打不胜的仗"。

五、发扬"服务员"精神

电工段领导把党的宗旨和干部的职责统一于发扬"服务员"精神之中。他们善于发现职工中的困难和问题，积极地为职工办实事，办好事，排忧解难。职工群众没想到的，领导想了；职工群众没提的，领导办了。从而赢得了群众信任，使干群间保持了紧密的血肉联系。

这个段流动分散，长年野外作业，工作环境非常艰苦。工程队领导既抓生产，又抓生活，常常难以招架。为解决这个问题，他们建立了生活服务队（三队），专门负责一线职工的安点搬迁和生活服务，并实行了专业化管理。在此基础上，购置了四台"流动厨房"，工点搬到哪里，"厨房"就跟到哪里，使一线职工随时都能吃到可口的饭菜，从根本上改变了"工程队，活受罪，冷馒头，就咸菜"的历史。

电工段领导，千方百计地关心职工生活。段机关每年要组织两次服务队，到现场为职工拆洗被褥。每个工班配备了电视机以及理发工具，女职工还发了卷发器。近几年来，这个段每年还对职工进行了一次身体普查。去年为23名同志查出了多种疾病，使这部分职工得到及时治疗。他们还免费为一线职工配置了不锈钢餐具，用起来既方便、又卫生。现场多次反映，劳动强度大，粮食不够吃。他们便一方面向职工解释国家的粮食政策和标准，一方面设法自筹为一线职工每人每月补助了5公斤粮食。今年春天在京原线施工的职工吃不上蔬菜，段领导指定专人负责，每月用工具车专门为工地送两次菜，职工们很受感动。

段领导对职工有深厚的感情。每逢重大节日，领导同志带领有关部门到第一线慰问。去年中秋节，段领导到各工点慰问，把300多斤月饼发到职工手中。去年，有两名同志患重病住院。按规定，有些药品医院不能为病人用，段领导亲自前去探望，并特批医药费一万两千多元。同时还带头捐款，并发动党员干部参加。当1260元捐款送到职工家属手中时，病人、病友以及医生都十分感动。难怪不少职工说起段领导就动感情。他们说："干部既是亲兄弟，又是好领导"。

电动段密切干群联系的做法，具有一定的代表性和典型性。从中我们可以得出许多有益的启示：

一、密切干群关系，干部是矛盾的主要方面。只要干部作风廉洁、深入，就能和工人做到交心知心、同舟共济；只有干部作风正，才能干群关系好。因此，讲密切干群联系，必须强化对各级各类干部进行全心全意依靠工人阶级以及党的宗旨、党的优良作风的教育，切实加强干部队伍的建设。

二、密切干群联系，要靠制度建设来保证。密切干群联系，一个时期比较容易做好，但要长期坚持下去，必须在提高思想认识的同时，建立健全相应的制度来保证。电工段的经验充分说明了这一点。正是由于他们制定完善了《分房住房办法》《干部参加劳动制度》《奖金分配办法》等制度才使干群联系走向了制度化、经常化的轨道。

三、密切干群联系，要为职工实实在在办事。这是密切干群联系的重要保证。想群众所想，急群众所急，为职工实实在在办事，就能得到广大职工群众的衷心拥护。那种只图做表面文章，耍"花架子"，追时髦赶浪头的做法，都是行不通的。电工段之所以干群关系好，这里的干部之所以威信高，之所以受到职工赞扬，根本的原因是干部真心实意地为职工办实事，办好事。这是构成他们基本经验的重要组成部分。

注：此文系从山西省委党校省直分校毕业回到北京铁路局太原工程处工作，在党委办公室主任岗位上主持并执笔起草的《调查报告》。此文被北京铁路局职工思想政治工作研究会《京铁政工研究》1990年第4期刊登。

当前职工的思想热点及发展趋向

(1992年4月19日)

目前,改革的浪潮日益高涨,职工的思想异常活跃。我们围绕职工关心和议论的集中话题,进行了调查研究。总的来看,当前干部职工的思想热点表现在四个方面。

一、主流思想。 在问卷调查中,有96.7%的干部职工对深化企业改革坚决拥护、坚决支持。主要表现在三个方面:

一是态度积极。干部职工对中央2号文件和中央政治局会议精神反响强烈,拍手称快,对中央坚定不移地贯彻党的基本路线,推进改革开放,加大改革力度的决策衷心拥护,盼望通过改革,消除各种弊端,使国家经济振兴,国力不断增强,人民生活进一步改善,铁路建设事业蓬勃发展。在座谈中,许多干部职工强烈要求铁路要加快改革步伐,加大改革力度,在改革上也要当好"先行官"。

二是认识明确。广大干部职工对深化改革、发展经济的必要性、紧迫性认识统一。在问卷调查中,有96%的干部职工认为"改革是社会主义制度的自我完善,是解放和发展生产力的必由之路";有93%的干部职工认为"改革必须坚持'四项'基本原则,坚持社会主义方向";有85%的干部职工认为破"三铁"非常必要,应该把这个问题作为转换企业经营机制的突破口;有87%的干部职工认为优化劳动组合、推行全员合同制是"企业用工制度的重大改革,有利于提高劳动生产率和调动职工积极性"。

三是渴望参与。在问卷调查中,有95%的干部职工认为"改革形势很好,铁路有得天独厚的优势,改革一定能迈出大的步伐,对铁路企业改革充满信心和希望"。有93%的干部职工认为"改革是企业全体职工的共同事业,人人有责"。他们希望改革能带来公平竞争的机遇,创造大显身手的环境,在改革中有所作为。许多干部职工积极为本单位的改革出谋划策、出力献计,表现出强烈的参与意识。

二、期盼心理。这是职工对改革的一种向往心理。主要表现在两个方面:

一是期盼改革步子积极稳妥,逐步加大。大多数职工期望改革不要大轰大嗡、大起大落、忽左忽右,重蹈急于求成的覆辙。很多职工说,铁路是大联动机,全国一盘棋,工种繁多,情况复杂,相互制约性强,牵一发而动全身,破"三铁一大",转换经营机制,必须符合铁路实际,充分考虑到普遍性中的特殊性,考虑到铁路是国民经济大动脉,希望领导带领职工群体走出一条切合实际的铁路企业改革之路。

二是期盼改革方案尽快出台,职工能尽快见到实惠。调查情况表明,干部职工对改革有较强的承受能力,他们希望上级抓紧制定改革的具体政策和实施方案,并尽快出台。很多职工对"三铁一大"的弊端有深刻的感受,认为这是阻碍企业发展的痼疾,必须下决心彻底破除,期望通过改革创造出平等竞争的环境,优胜劣汰,奖勤罚懒,真正做到"干部能上能下,工人能进能出,工资能升能降",充分体现出社会主义企业的本质特征来。丰台机务段不少职工说,破"三铁"我们举手赞成,企业再这样下去,不要说发展,早晚要关门。有的干部反映,那些凭关系、走后门、平庸之辈占位子,实际上是助长了不正之风,再不改革这种用人制度,我们干部队伍的素质会越来越低,会贻误社会主义的大业。还有的职工说,我们好好干的跟那些不干的、调皮捣蛋的在待遇上没什么两样,先进的还要受打击,遭讽刺,时间长了谁还有积极性?大锅饭不彻底打破,企业的发展、职工收入的提高从何谈起?有的单位的职工说,再等一个时期,还见不到动真格的，就要直接找领导提意见。

三、矛盾心态。集中表现在三个方面：

一是既支持改革，又对改革缺乏信心。一些职工说，搞好改革，人人有责，我们也支持改革，希望改革能够成功，但是铁路有自己行业的性质，具有"高大半"的特点，是"联动机""小社会"，改革的方案太难定，改革的步子太难迈，担心铁路改革雷声大、雨点小，"雨过地皮湿"，或者虎头蛇尾，半途而废。

二是既想大胆改革，又怕掌握不好政策犯错误。这种矛盾心理集中反映在基层的干部中间。一些干部精神状态很好，积极准备在改革的大潮中施展才干，一显身手。特别是那些具有开拓精神、进取意识的干部、技术人员、生产骨干等，希望自己的管理水平、组织能力和技术技能在改革中有用武之地，为企业的发展和改革事业做出贡献，自身的价值能够在对事业的追求、奉献中得到社会的承认。因此，他们都想大干一番。但是，这些干部也有一定的思想顾虑。他们认为，目前铁路改革舆论声势大，各级都在讲、都在宣传，但改革政策透明度低，改革方案尚未出台，在这种情况下，不能出改革的"风头"，否则，把握不好政策要犯错误，不如再等一等、看一看。

三是既想优化组合，又怕成为被雇佣者。这种矛盾心态主要表现在工人中间。在我们调查的工人中，有87%的工人对优化组合、实行全员劳动合同制持赞同的态度。他们说："不改革、不打破'三铁'、不实行优化组合，就不能真正调动职工的积极性。如果还是维持现状，干好干坏一个样，干与不干一个样，国家、企业、个人就没有希望、没有盼头。只有优化组合，职工才能有动力，企业才能出效率；只有实行合同制，职工才能有压力，企业才能增活力"。与此同时，在这部分工人中，也有不少担心优化组合变成"亲化"组合，领导组合，自己的命运掌握在别人手里，由主人翁地位变成被雇佣者。

四、疑虑情绪。主要有"四个担心"：

一是担心利益受损。有这种疑虑的主要是老、弱、病、残职工，女职工和退休职工。调查中有14%的人认为改革是对他们利益的直接冲击。他们一怕"组合"掉，二怕收入少，三怕医疗、房改受不了。有的老职工说，我们年轻力壮的时候，只讲贡献，低工资、低消费，现在干不动了，但分配却又向苦脏累险倾斜，收入降低，支出增加，只能"穷"过渡了。

二是担心地位降低。部分职工担心今后要看领导的脸色行事，政治上、经济上没有地位。有的职工说，过去一提社会主义，就是人人有饭吃，人人有活干，现在实行优化组合，全员劳动合同制想不通。也有的职工说，"今后咱享受的是小圈圈里的优越性，嘴头子上的主人翁"。

三是担心政工干部受冷落。少数政工干部认为，随着经济的"升温"，政治工作又面临着"降温"。有的政工干部说，政工干部是"杨家将"，只有边关吃紧时才派上用场。少数政工干部产生了失落感，想转业改行。

四是担心歪风盛行。不少职工担心，全国再度导致公司热、经商热，出现"官倒""私倒"。职工们还担心随着经济的发展，将助长形形色色的歪风邪气，滋生各种各样的腐败现象。不少职工尤其忧虑拜金主义、金钱万能的歪风盛行。

根据调查情况，我们认为今后一个时期职工的思想状况将呈现出三种发展趋向：

1. 当对改革的认识趋于一致时，深层次的问题趋于暴露。改革的超前性教育，已经和正在起到积极的作用。目前，尽管还有一些职工存在种种矛盾心理和忧虑情绪，但随着改革教育的深入进行，广大干部和职工对改革的认识会逐步一致起来。但是，这种思想基础还不够牢固，随着改革的深入，还必须做好深层次的思想政治工作，把思想政治工作做到改革的每一个阶段，贯穿于改革的始终，不断提高广大职工对改革的理解能力和承受能力。

2. 当改革涉及职工切身利益时，思想问题趋于增多。随着改革的深入，新旧体制的更替，各种改革方案的出台，触及每个人的切身利益，每个人都面临着新的选择。在具体实施的过程中，大量的思想认识问题和实际问题必然要表现出来。突出的是"上岗下岗""多得少得"等矛盾问题。对改革中发生的倾向性思想问题，应有超前的分析预防，要开展深入细致的思想工作，把问题消灭在萌芽状态，要循循善诱，不激化矛盾；还要尽量做到政策和措施合理、公正、完善，考虑到各个层次职工的具体利益。

3. 当经济分配拉开档次时，攀比心理趋于突出。建立干部能升能降，职工能进能出，工资、奖金能多能少的机制是改革的重要内容。这种机制的形成，必然激励起职工的竞争意识，但同时也可能诱发出严重的攀比心理。尤其是随着职工在工作岗位、经济收入、工作条件等方面出现差异时，就会更加明显地表露出来。铁路是大联动机，每个行业，每个部门都起着不可替代的重要作用，各自都要强调自己的重要价值，一旦出现收入倾斜，没有享受到特殊政策的部门职工就会产生攀比跳槽心理。这种竞争心理，从总体上来讲是社会发展和职工进步的动力源泉，应肯定和鼓励，但也要注意加强教育引导，使其在改革的过程中向健康的方向发展。

注：此文于就任北京铁路局党办调研室副主任期间撰写，在《京铁政工调研》第6期上报下发。

当前思想政治工作的难点及其对策

(1992年5月16日)

深化企业改革,为企业思想政治工作提供了广阔的舞台,同时也提出了许多新的课题,给思想政治工作带来了一定的难度。从我们调查的情况看,当前基层干部反映企业思想政治工作面临的难点主要表现在四个方面:

一、理论问题难讲深

调查中大家反映,去年以来,通过认真学习江泽民同志在建党七十周年大会上的讲话,学习邓小平同志的重要谈话,广大党员和职工对当前的改革形势有了正确的认识,对贯彻党的"一个中心、两个基本点"的基本路线有了较深刻的理解,拥护改革、支持改革和参与改革,是职工队伍中的主流。与此同时,在部分干部职工中一些深层次的思想理论问题还没有得到很好的解决。部分干部在回答职工提出的一些理论问题时,感到不大好讲,更难讲深。一是认为对社会主义的本质特征不好把握。有的说,现在计划和市场都是发展经济的手段,有计划的商品经济还是不是社会主义的基本特征?还有的说,社会主义的特征之一是以公有制为主体,现在大力发展私营企业、外资企业和集体企业,如果有一天这几种经济力量超过公有制企业时,又应该如何解释?二是少数干部感到讲"和平演变"的原因说服力不强。还有的说,社会主义最终要消灭剥削,但现阶段又承认和允许剥削,这种社会制度与现行政策之间的矛盾,如何从理论上讲清楚?三是一些职工对生产力标准的认识有模糊思想。有的说,革命是解放生产力，改革也是解放生产力，二者的共性和区别何在？也有的说，什么是社会主义的综合国力和生产力，它和资本主义的综合国力和生产力，哪些是一致的，哪些是相悖的？还有的说，现在讲科技是第一生产力，那么有没有第二、第三……生产力的讲法。此外，对社会主义的优越性和"破三铁"，主人翁地位与推行全员合同制，也有不少疑虑。对于上述重要理论问题，基层干部在宣讲时，一般是采取回避的态度。即使是党校在教学的过程中，也有不直接回答问题的现象。

二、教育内容难把握

调查中我们了解到，很多基层干部，尤其是做思想政治工作的同志认为新形势下的思想政治教育是一个立体交叉的形态，教育内容是一个难以把握的矛盾体。大家反映这种矛盾集中表现在三个方面：一是既要教育职工坚持四项基本原则，反对资产阶级自由化，又要进行改革开放重要性和紧迫性的教育，引导职工献身改革事业。一些干部说，四项基本原则是立国之本，是对职工尤其是青工教育的重要内容，讲这个内容，就要大讲社会主义的优越性，大讲资本主义的腐朽性和没落性；而进行改革重要性教育又是当前的主要任务，这样又要讲我们存在的弊端，讲吸收和利用资本主义的一些东西。这样两方面讲，不少同志有"为我所用之疑"，有"不能自圆其说之感"。二是既要教育干部职工大胆地闯，大胆地干，要有敢于冒险的精神，又要进行党纪、政纪和法律教育，引导职工从严执纪、遵章守法。大家反映在这个问题上更难以展开有效的教育。他们说，大胆地闯、大胆地干。就是要破除影响经济发展的条条框框，但这并非易事，需上级批准，要领导点头，下边没有主动权。也有的基层干部说，允许改革犯错误，出了问题谁兜着？按部就班保险，改革创新艰难，敢冒、敢闯是上级领导的事，我们没有什么作为。还有的说，现在一手猛"加油"，一手狠"刹车"，没法办。三是既要鼓励引导职工多劳多得，跑步奔小康，又要教育职工发扬主人翁精神，忘我劳动，无私奉献。有的职工说，现在大力发展商品经济，运用价值规律，就是要讲实际，讲实惠，无私奉献办不到。不少基层干部担心今后把干部引向"用钱管"、工人引向"为钱干"的"胡同儿",担心讲奉献没人听,害怕讲精神作用脱离实际。

三、思想疏导难见效

调查中普遍反映,这几年各级政工干部想了不少办法,做了大量工作,也见到了一些效果,但总的说来还是不够理想,其主要原因有三点:一是在改革开放的新形势下,职工思想出现了多态性。不少干部反映,在改革过程中,干部、工人、专业技术人员,中青年职工、老弱病残职工、离退休职工以及女职工,都各有各的想法和关心的"热点",甚至在一个职工身上也反映出多种思想问题,使职工的总体思想状况呈现出多态性的结构特点。对于政工干部来说,要全面地把握住这种多形态、多角度、多层次的思想特征,做到一把钥匙开一把锁,确实难度很大。二是职工的实际思想具有隐蔽性。一般讲,私下讨论各有各的思想,各有各的观点,但真正座谈了解,往往又是一片"赞歌",把真实思想藏起来。真实思想把握不准确,疏导教育也就难免缺乏针对性和有效性。三是解决思想问题和实际问题存在脱节性。很多同志说,现在讲职工的思想问题,并不能说是职工思想落后、觉悟不高所致,职工中大量的思想问题是由于实际问题引起的,实际问题解决了,职工中的一些思想问题就自然地消失了。比如,北京工程处机关已连续两个月没发奖金了,有的基层单位已经三个多月没发奖金,使职工的积极性受到了不同程度的影响,个别单位的生产骨干提出请调报告。由于政工干部对职工在劳动、分配、住房等实际问题上无力解决,所以有些职工说政工干部是"空对空"。

四、政工氛围难适应

近几年来,党中央充分肯定了思想政治工作在企业中的地位作用,突出强调了要"两手抓""两手硬"。这对于加强党的思想政治工作,强化政工地位、改善政工氛围，起到了重要作用。但从目前的情况看，对政治工作认识上的偏见还有市场，"说起来重要，做起来次要，忙起来不要"的现象还不同程度地存在。尤其是一提深化改革，转换经营机制，部分职工就片面认为，经济工作是"硬指标"，要一心一意，而政治工作是"软任务"，可有可无。特别是个别基层领导干部，把政治工作当成"包袱"。有一个单位的领导，当党委确定增配一名政治教员时，他竟说："又增加了一个白吃饭的"。此外，由于舆论宣传的一些片面性，也造成了一部分人对思想政治工作的错误理解和轻视。因此，目前在一部分政工干部中，思想有些波动。

针对思想政治工作面临的上述难点，我们认为，下一步应该从主观与客观的结合上，认真抓好以下四点：

一、明确着力点。就是要在理论建设上下功夫。调查中我们感到，当前有些理论问题不好讲清楚，主要有两个方面原因：一方面，改革开放是一项全新的事业，有些新情况、新问题不可能一下全部讲清；另一方面，有些能够讲清而没有讲清的问题，说明我们一些政工干部的理论功底还比较薄弱。因此，当前首先要进一步提高政工干部的马列主义水平和政治理论素养，特别是结合当前改革开放的新形势、新任务，组织政工干部学习一些商品经济知识、企业管理知识和马克思主义的政治经济学理论。同时，随着改革的深入和建设的发展，一些理论部门要加强理论研究，特别是路局、分局两级党校要进一步提高教员的理论素质，抓好对各类干部的培训，以推动全局的理论建设。

二、把握结合点。当前，一方面要把运输生产、经营管理、安全路风中的难点，作为思想政治工作的重点和结合点，继续强化思想政治工作的服务和保证功能。另一方面，要把解决好职工中存在的实际问题作为结合点。当前职工群众中存在的思想问题有相当一部分是由于实际问题得不到解决造成的。这种类型的思想问题，仅靠空洞的说教是不行的。因此，各级领导必须坚持为职工群众办实事，把热情服务和耐心教育结合起来，不管是政工干部还是行政干部，都要有教育和服务两种意识，掌握做好思想政治工作和善于帮助职工群众解决实际问题的两套本领。

三、强化薄弱点。思想教育针对性不强是当前企业思想政治工作的一个薄弱环节，也是造成思想政治工作效果不够理想的一个重要原因。要改变这种状况，就必须经常深入基层，调查研究，摸清干部职工的真实思想，特别要注意了解掌握干部职工对深化改革的各种思想反映，分析他们对改革的承受能力，研究他们对改革的希望和要求，做到底数清、情况明。在此基础上，确定自己的工作重点，采取适合本单位特点的形式和做法，多一点创造性和灵活性，少一些"花架子"和表面文章，扎扎实实讲求实效，把干部职工的积极性真正调动起来，进一步解放思想，转变观念，积极投身企业深化改革的实践中来，促进改革的顺利进行。

四、抓住关键点。解决好当前思想政治工作难点的关键，是要有一支素质高、能力强、精干高效的政治工作队伍。调查当中我们发现有两种苗头，一种是忽视和不重视思想政治工作的问题又有所抬头；另一种是在深化改革中，有一些政工干部的思想产生波动，情绪不够稳定。这两个问题，必须引起领导的高度重视。要进一步讲清深化企业改革与加强思想政治工作的关系，使广大干部职工都要认识到，改革是一场深刻的革命，必须有思想政治工作作保证，离开思想政治工作，改革就不能健康发展，就不能取得成功。同时，要进一步加强政工队伍的自身建设，稳定政工干部的思想，提高政工干部的素质，以更好地为改革和建设服务。

注：此文于北京铁路局党办调研室任副主任期间撰写，在《京铁政工调研》第10期上报下发。

《金宝季报》创刊词

(2001年3月30日)

在这乍暖还寒的季节,《金宝季报》沐浴着浓浓的春意,和大家见面了!她的诞生,是公司全体员工的一件大喜事,让我们以十分高兴的心情,给予最热烈的祝贺!

历史的车轮已经驶入二十一世纪,中华民族伟大复兴之路已经启程。在这新的历史时期,我们金宝公司既面临着新挑战,又迎来了催人奋进的新机遇。我们满怀信心地感到,在这个时期诞生的《金宝季报》,对于凝聚职工,鼓舞斗志,加强公司的两个文明建设,将会起到积极的推动作用。

《金宝季报》的宗旨是:认真宣传党的路线、方针、政策,全面反映企业风貌,客观报道经营动态,热情讴歌职工精神面貌,为公司创利而摇旗呐喊,为公司发展而加油鼓劲!

《金宝季报》是大家的天地,是你我的朋友。希望全体员工给予热情关心和大力支持,把她坚持下去,越办越好。

在《金宝季报》创办之际,公司党政工团组织,要求全体员工,在新的一年里,以新的姿态,新的面貌,打好翻身仗,求得新发展,为实现光明的发展前景而努力奋斗!

注:1996年8月–2007年3月,时任铁道部北京铁路局驻上海办事处主任、上海金宝经济发展有限公司总经理。

上海金宝经济发展有限公司
企业精神诠释

(2003年6月30日)

上海金宝经济发展有限公司其企业精神为："诚信、机敏、激昂、勤奋"。现做如下诠释：

诚信是根本，机敏是关键，激昂是动力，勤奋是基础。诚信孕育厚重的理念，机敏韬藏聪颖的智慧，激昂焕发高亢的斗志，勤奋保持不竭的源泉。

义犬忠诚、信义为本。要对党和祖国诚信，虽处浩瀚商海，常怀天下之忧；要对领导和朋友诚信，至忠至仁至能，情义似海永恒；要对企业诚信，甘心休戚与共，情愿竭尽所能。

灵猴机敏，以智取胜。面对百舸竞渡、商场如战场的市场经济大潮，要时刻保持清醒的头脑，机敏的思维，灵活的战术，只争朝夕开拓，遵纪守法经营，与时俱进发展，用神灵毓秀博取市场的青睐。

龙马激昂，浩气长存。市场不同情眼泪，竞争不悲悯弱者。要摒弃怨天尤人因循守旧的思想，发扬负重激昂一往无前的精神，不断培育企业发展的兴奋点和坚韧性，使企业始终处于良好的竞技状态。

壮牛拓荒，任劳任怨。成功之花离不开汗水的浇灌；丰硕之果需要辛勤的耕耘。要脚踏实地，勤勉不息，默默奉献，用勤奋和辛劳换来丰硕的果实，使企业长青之树永放光芒。

《金宝季报》社论

(2003年6月30日)

在喜庆中国共产党成立八十二周年之际，迎来了我们共同期盼的大喜事——北京铁路局驻上海办事处和上海金宝经济发展有限公司于二〇〇三年六月二十八日正是迁入普陀区的燕兴大厦办公！在此，我们以十分高兴的心情，表示衷心的祝贺！

弹指一挥间，转眼十年前。一九九二年，我们肩负着北京铁路局领导的重托，踏上了开发浦东的征程，浦三路1227弄留下了我们创业的脚印；学中干，干中学，阔步前进，浦三路1300弄展示了我们工作的豪情；抓住机遇，迎难而上，中亚饭店记住了希望之船的扬帆起程；机构调整，办事处和金宝公司合并办公，推动了工作的创新，迎来了事业的振兴，经历了旅途的"春夏秋冬"，"凯旋门"是历史的见证！

忆往昔，心潮澎湃；看今朝，任重道远。值此，办事处和金宝公司来沪以后的第五次乔迁之喜，我们的心久久不能平静！3930天历程，我们激动过，骄傲过，沮丧过，尽管坎坎坷坷，但毕竟过来了，毕竟发展了！迁入燕兴大厦，是我们的重大转折，是新的希望所在，让我们紧密团结在胡锦涛为总书记的党中央周围，认真践行三个代表的要求，团结一致，艰苦奋斗，苦心经营，重新创业，实现新突破，求得新发展，将金宝之船开往胜利的彼岸！

《金宝季报》闭刊词

(2008 年 12 月 31 日)

在二〇〇九年新年钟声即将敲响之际,《金宝季报》发行了 32 期。对这最后一期《金宝季报》,让我们怀着激动的心情,表示真诚的纪念和由衷的祝福!

《金宝季报》创刊于 2001 年。当时,公司刚刚跨过了经营的困难时期,将欲登上新阶段的奋斗征程。为了总结历史的经验教训,展示公司经营管理的成果,反映广大职工在"困难中不低头,发展中不怕难"的精神风貌,《金宝季报》方才应运而生。

《金宝季报》创办以来,得到了公司从上到下的一致关注和支持,得到了上级领导和有关单位的肯定和好评。在八年的历程中,她起到了宣传、沟通、展示的良好作用,活跃了职工的文化生活,弘扬了"忠诚、机敏、激昂、勤奋"的企业精神。在此,我们热烈地祝贺《金宝季报》在创办期间所起到的积极作用;衷心地感谢各位领导、各位朋友、全体职工对《金宝季报》的关爱、参与和支持!

雄关漫道真如铁,而今迈步从头越。金宝公司在上海创办、生存、发展期间经历了十六年的寒来暑往,胜利地完成了其肩负的历史使命,即将步入新的发展阶段。《金宝季报》的闭刊正是一个时期的客观总结,又是一个新时代的开始!让我们衷心地祝愿上海金宝公司在新的历史条件下,像雄鹰一样展翅飞翔,实现新的梦想,取得新的成就!

《长泰月报》创刊寄语

(2010年9月30日)

在这桂花飘香的金秋时节，伴随着长泰公司前进的脚步，《长泰月报》承载着梦想，承载着希望，承载着未来，幸运诞生了！这是长泰公司全体员工政治文化生活中的一件大事，让我们以蒙山作鼓，以沂水作琴，放声歌唱，纵情祝贺！

《长泰月报》每期四版。第一版为新闻版，第二版为企业文化版，第三版为政策引导版，第四版为文学、养生版。我们希望《长泰月报》能够成为弘扬晋商精神、打造企业文化、服务长泰置业、深入员工心灵的窗口与阵地。我们期待：《长泰月报》成为冲锋号，吹响公司全体成员为企业之愿景与使命而奋勇前进的号角；成为连通器，搭起公司与股东、公司与员工沟通的桥梁；成为展示台，展示出长泰人的风采，展示出晋商的品质，展示出长泰深厚的文化底蕴；成为信息台，为长泰人不断地传播文化与行业知识，成为长泰人与行业接轨的平台；成为黏合剂，潜移默化中提升企业的凝聚力与战斗力。

《长泰月报》的宗旨是："及时、准确、新颖、有效，服务好股东，服务好领导，服务好员工"。《长泰月报》必将活力四射，因为她紧扣企业发展的脉搏，紧随行业律动的步伐。《长泰月报》必将生机勃勃，因为她植根于长泰这片沃土，吸收的是晋商精神的甘霖，沐浴的是齐鲁大地的智慧之光。《长泰月报》必将势不可挡，因为她从诞生起就怀着"创一流业绩，走共富道路"的远大理想。从诞生起，她就站在数位当代英豪的肩膀上，她就抱定了拼搏发展之愿。我们期待：在各位读者的关注、支持与帮助下，《长泰月报》能够成为各位的良师益友，成为行业的标杆，成为长泰公司披荆斩棘，奋勇向前的不竭源泉。

注：2010年9月时任山东长泰置业有限公司总裁时作。

上海中辰泰投资（集团）有限公司
企业文化表述及诠释

（2010 年 12 月 19 日）

经营宗旨：以义制利　以严治企　以德兴业
企业精神：忠厚　机敏　勤奋
发展愿景：积极回报社会　大力回报股东　真诚回报员工

我们坚守以义制利，以严治企，以德兴业的经营宗旨，既是弘扬中华民族传统文化的实际行动，更是公司展示远大抱负的庄严宣誓。以义制利，就是要"义"字当头，做到坚持正义，坚守道义，坚决仁义，不取不义之财，不得不义之利；以严治企，就是要突出"严"字，做到严密组织，严格管理，严肃活泼，不可违章违纪，不得松弛懈怠；以德兴业，就是要以德为本，做到道德品质好，遵纪守法好，精神面貌好，不可失德经营，不得违德行事。

我们弘扬忠厚、机敏、勤奋的企业精神，这既是公司精神的宣示，也是职工共同遵守的职业操守。忠厚，就是要忠诚厚重，要做到忠厚于祖国，忠厚于企业，忠厚于朋友，不可失仁失信，不得忘义轻浮；机敏，就是要机智敏感，要做到保持机智敏锐，善抓时机敏捷，激发灵机敏行，不可自以为是，不得愚钝被骗。勤奋，就是要勤俭奋进，要做到以勤俭为基，以勤俭当荣，以勤俭补拙，不可逍遥懒惰，不得奢侈浪费。

我们实现积极回报社会，大力回报股东，真诚回报职工的发展愿景，这既是公司发展的必然要求，也是公司为之奋斗的目标所在。积极回报社会，就是要创造财富，照章纳税，积极慈善；大力回报股东，就是实现盈利，展示价值，积极贡献；真诚回报职工，就是要让公司和员工和谐共进，合理收入，美好生活。

注：2010年12月出任上海中辰泰投资有限公司（现为上海中辰泰投资（集团）有限公司）总裁时作。

电工班精神鞭策我奋勇前进

——为出版"吕梁电工班传"而作

(2017年3月29日)

人事有代谢,往来成古今;才饮莲池水,转眼数十春。1971年春,我们心怀梦想汇集于贺昌中学,至今已度过了46个春秋。真乃时光飞逝,日月如梭。还记得我们相识在贺中大槐树旁的棂星之门,转眼间就学业完成各奔西东;还记得我们在教室的实验和琅琅书声,转眼间就成家立业满堂子孙;还记得我们在电厂跟班劳动欣伴汽轮机的轰鸣,转眼间就走向社会奋斗行进;还记得我们充满活力绽放青春,转眼间就步入耳顺之年彰德持荣。

何谓之幸福?我曾经做过一次诠释:幸福,在于怀念过去,还在于憧憬未来,更在于享受当下。到我们此种年龄,怀念过去,的确是一种甜蜜的思想旅行。1971年春意盎然之际,我们相识于莲花池畔的贺中。秋高气爽之时,我所在的23班及其他5个高中班的44名同学又集聚于电工班。当年的电工班,由贺昌中学和离石电厂联合举办,承诺毕业分配,进入难能可贵。欣喜的是我们亲身经历了"三结合"的教育方式:即学历教育与职业教育相结合;学校教育与电厂教育相结合;理论教育与实践教育相结合。这种教育方式即使在当今的时代亦属先进。

两年多的学习生涯,我们除学习哲学、政治、时事及专业课外,还亲历了我国发生的重大事件:见证了吕梁地区成立的欢欣;领略了尼克松总统访华暨中美关系的改善;参与了学工学农批林整风和对"苏修"的批判。在学习和实习期间,大家在一起充满了欢乐的笑声和奋进的激情。此时此刻,我仿佛又回到兴县、离石电厂上班的火热场景;仿佛又看到姚宗文老师身后紧跟的姚军和姚宏;仿佛又回到了在大操场参加长跑及篮球运动；仿佛又置身于教室聆听王济民、刘炳文、吕千飞、王国玺、李翠荣、苗淑华等各位老师的精彩课程。

回顾电工班创办和发展过程，我们从心底里迸发出真诚的感恩。要感恩伟大的时代，让我们有了生活的积累和发展的机会；要感恩各位老师的谆谆教诲，让我们学到了发展的本领展翅高飞；要感恩同学之间的互助友爱，让我们铭记友情不断地开创未来。特别要感谢校长、恩师冯玉德先生，是他给了我工作的第一个舞台和宝贵的信任；感谢恩师姚兴太先生，是他给了我"红代会"锻炼的平台和发展的信心；感谢恩师、班主任姚宗文先生，是他给了我太原上学的指教和人格的品行。岁月无情，人生苦短。冯玉德、闫秀忠等恩师以及王晋英、高平生、李世杰、刘保权、冯国民、李国玉等同学已逝世，特此致以深切的追思和缅怀！

电工班两年多的集体生活，尽管在我们的人生道路上十分短暂，但和美酒一样，愈久则弥香，十分珍贵，难以忘怀。师生情、同窗情，经过岁月的洗涤依然纯洁如往昔。对于电工班的感情，随着时间的推移，越来越萦绕在意识的深处，形成美好而不断的梦境。电工班之所以难忘，是由于他凝聚和展示了"三种精神"，形成了宝贵的精神财富，提供了鼓舞鞭策我们奋勇前进的不竭源泉。

第一，积极向上的进取精神

我从少年起，就是一个毛泽东时代的进步青年，在电工班的两年多里又得到了进一步的升华。1967年春，我参加了离石县学习毛主席著作积极分子代表大会。1968年秋，就读于离石下王营中学，时任学校"红代会"主任。到贺昌中学后，我和25班的杨金财同学分别担任了贺昌中学"红代会"的副主任。其间我负责后勤和勤工俭学等工作，为学校和同学们做了有益的服务。在到电工班之前，"红代会"终止了活动，学校恢复了正常的教育秩序。在电工班，我担任了第二小组组长，各组开展了具有特色的活动，形成了互助合作的友好竞争，同学们积极向上的氛围十分浓厚。

尤其是班内有杜旭华和闫面香两位党员起到了标杆和示范的作用,大家都向他俩学习,积极向党组织和团组织靠拢。同学们积极要求进步,申请入党入团蔚然成风。大家关心集体,刻苦学习,形成了良好的班风。当时我也递交了入党申请书并主动向组织汇报思想,接受考验。此入党愿望于1974年4月24日圆满实现,随即担任了离石县吴城公社下三交村党支部副书记、民兵连长。至此,这种积极向上的进取精神鼓舞和陪伴了我的一生。在学习提高的过程中,我坚持了自觉和持续。1975年走出吕梁上太原,就读太原铁路机械学校工程机械专业;1985年,脱产就读山西省委党校省直分校,获大专学历;1995年边工作边上学,就读华东师范大学历史系研究生进修班;1998年又就读于澳门国际公开大学,获工商硕士。2008年,为适应新形势,又上了清华大学继续教育学院上海国学四期。为了弘扬国学文化,于2009年创立了"明德读书会",出任首届会长。在工作的过程中,我坚持了爱岗敬业和与时俱进。电工班6月份毕业后,7月份便留校工作,担任了校办砖厂的厂长。10月份又调回学校,出任初中94班班主任兼语文老师。为适应上大学必须有农村锻炼两年的规定,毅然辞职,当了回乡知青。1977年从太原铁路机械学校毕业后,分配到太原铁路局工作,之后在铁路行业工作了33个春秋。其间先后在太原铁路局和北京铁路局任职。曾任铁道部北京铁路局驻上海办事处主任、上海京铁(金宝)经济发展有限公司总经理。现任中国三峡画院副院长,上海"龙太极"理事会常务副理事长。正是:人生的快乐在于劳动和创造,人生的价值在于分享和奉献。

第二,吃苦耐劳的奋斗精神

吴伯箫在散文《记一辆纺车》中写道:"那时候,物质生活虽然是艰苦的、困难的,但是比起无限丰富的精神生活来,那又算得了什么?与困难作斗争,其乐无穷。"这段话亦成为我们当时生活之真实写照。贺中学习期间,生活条件的确十分艰苦。每月7元伙食费,每日0.23元。正如一段"双簧"所说:"一碟子圆白菜,又一碟子圆白菜。"馒头小、窝头硬,干萝卜菜汤不停顿。只是到电厂实习后,方有改善。一是实习增加伙食补助,二是在电厂职工食堂就餐,分量足、花样多。经历是一位老师,生活是一面镜子,艰苦环境和生活的考验,使大家养成了吃苦耐劳的习惯,并成为我们人生之自觉行动,受益终身。在兴县和离石电厂实习期间,跟班劳动尤其是夜班,人困马乏,要有很好的毅力,方才制止瞌睡,大家互相帮助鼓励,凭着自觉和吃苦的精神坚持住了。在学校期间,我们向贫困宣战,进行了勤工俭学。1971年深秋,我和成星明利用课余时间,用平车拉1000多斤的焦炭,从贺中到沙麻沟装车,再到离石铁厂卸车,往返15公里以上,虽然汗流浃背,但谈笑风生。这种场景既享受了劳动创造的欢乐,又充满了对美好生活的向往。参加工作后,亦保持了此种不畏艰难吃苦耐劳的精神。在太原铁路局工程处政治部当秘书和主任期间,常常彻夜不眠地工作,迎来的是冉冉升起的太阳。调北京铁路局工作之后,克服两地分居的困难,北京—太原往返通勤,又是任劳任怨昼夜兼程。到北京铁路局上海办事处工作之时,人生地不熟,买了一辆自行车,骑遍半个上海城,变成了"活地图"。1998年正月初六从太原起程到上海、北京等地,连续四夜在火车上运行,保持了良好的精神风貌,圆满地完成了任务。正是:幸福之花用汗水浇灌,美好的生活靠辛劳创造。

第三,忠厚机敏的敬业精神

实践告诉我们:忠厚是做人之本,机敏是做事之基。回忆电工班,难忘同学情。在当时的历史条件下,同学们保持了相当高的思想政治素质和业务技术能力,顺利完成了各项学习和实习任务。同学之间忠厚交往,注重情义,好友相处;尽守本分,遵章守纪,机敏做事。在老师和同学们的共同努力下,使电工班成了一个朝气蓬勃、团结奋进的集体。这一点包括以后我们每一次的相聚,都在脑海中留下了深刻而难忘的留恋和记忆。参加工作以后,我坚持把忠厚和机敏作为自己前进的座右铭,不断地勉励和激励自己。在经营公司期间，我把"忠厚、机敏、激昂、勤奋"作为企业核心价值观。我曾诠释：忠厚是根本，机敏是关键，激昂是动力，勤奋是基础。忠厚孕育厚重的理念，机敏韬藏聪颖的智慧，激昂焕发高亢的斗志，勤奋保持不竭的源泉。其一，义犬忠诚，信义为本。要对党和祖国忠厚，虽处浩瀚商海，常怀天下之忧；要对领导和朋友忠厚，至忠至仁至能，情义似海永恒；要对企业忠厚，甘心休戚与共，情愿竭尽所能。其二，灵猴机敏，以智取胜。面对百舸竞渡、商场如战场的市场经济大潮，要时刻保持清醒的头脑，机敏的思维，灵活的战术，只争朝夕开拓，遵纪守法经营，与时俱进发展，用神灵毓秀博取市场的青睐。其三，龙马激昂，浩气长存。市场不同情眼泪，竞争不悲悯弱者。要摒弃怨天尤人、因循守旧的思想，发扬负重激昂、一往无前的精神，不断培育企业发展的兴奋点和坚韧性，使企业始终处于良好的竞技状态。其四，壮牛拓荒，任劳任怨。成功之花离不开汗水的浇灌；丰硕之果需要辛勤的耕耘。要脚踏实地，勤勉不息，默默奉献，用勤奋和辛劳换来丰硕的果实，使企业长青之树永放光芒。2010年以后，又将"忠厚、机敏、勤奋"确立为上海中辰泰投资集团的企业精神。我又一次进行了诠释：我们弘扬忠厚、机敏、勤奋的企业精神，这既是公司精神的宣示，也是职工共同遵守的职业操守。忠厚，就是要忠诚厚重，要做到忠厚于祖国，忠厚于企业，忠厚于朋友，不可失仁失信，不得忘义轻浮；机敏，就是要机智敏灵，要做到保持机智敏锐，善抓时机敏捷，激发灵机敏行，不可自以为是，不得愚钝被骗。勤奋，就是要勤俭奋进，要做到以勤俭为基，以勤俭当荣，以勤俭补拙，不可逍遥懒惰，不得奢侈浪费。正是：坚持忠厚，必有成就；失去忠厚，必然渺小。坚守机敏，各业能成；失去机敏，必然愚蠢。

长江后浪推前浪，一代更比一代强。一季有一季的精彩，一代人有一代人的使命。回顾总结电工班两年多的生活以及几十年来的历程，我们可以骄傲地说，我们努力过，我们奋斗过，我们精彩过。我们为了祖国的繁荣，为了单位的兴旺，为了电工班的荣誉，为了家庭的美满，应该说也尽了洪荒之力，无怨无悔。让我们铭记贺中的青春岁月，弘扬电工班的集体精神，适应国家发展的新常态，开辟愉悦的新生活，实现各自的新梦想！

第三章 启示篇

浅谈党员思想入党

——读"物必先腐之而后虫生之"格言的启示

（1986年6月15日）

当前，我们国家正处在一个"对内搞活，对外开放"的新的历史时期。在这种既鼓舞人心，又使人奋进的形势下，我们的大多数党员是好的和比较好的，其中有大批先进典型，不愧为共产主义的先进分子。但是，由于国际国内资产阶级腐朽思想的影响，在党员队伍中还有那么一部分不完全合格，有的本来合格现在也不那么合格了，有的已经丧失了党员的起码条件，成了党和人民的罪人。

事实告诉我们，有那么一些党员在枪林弹雨中闯了过来，不愧是英雄。但"进城""管城"后，在金钱美女面前，在美酒佳肴面前，吃了败仗，成了资产阶级的俘虏。严重的是近几年来，有些党员干部在形形色色的资产阶级思想影响下，把党和人民的利益置之度外，损公肥私，损公利己，成了社会主义的蛀虫。有个别党员甚至贪污腐化，营私舞弊，进行严重的经济犯罪和其他犯罪活动。君不见，山西省广播电视厅原副厅长朱光耀等人，无视中央一系列指示，利用职权，违法乱纪，影响极坏。君不见，省国际贸易会促进会秘书长贾岱峰，目无法纪，炒卖巨额外汇，触犯法律，被依法逮捕。君不见，原北京某厂党委书记、厂长等三个老干部，合伙投机倒把，走私套汇，贪污行贿，被依法逮捕。

在这种活生生的事实面前，我们不禁要问，为什么一些党员干部，尤其是一些老党员、老干部，几十年熬过来了，在多次政治运动中滚过来了，但最终仍然经受不住剥削阶级思想的诱惑，被糖衣炮弹所击中，而跳进了罪恶的深渊，这是发人深思的。显而易见，在剥削阶级作为阶级消灭之后，剥削阶级的思想不会随着消灭，还将长期存在，并将在人们的头脑中间腐烂发臭，毒害心灵，腐蚀思想。特别是对于缺乏免疫力和抵抗力的人，更是一攻再攻，使其一退再退。正是"物必先腐之，而后虫生之"。试想思想不腐，一身正气，怎会生虫呢？可以断言，凡跌跤、犯罪的党员干部，都在思想上蒙着一层厚厚的灰尘，没有进行认真彻底地清理，世界观没有得到改造，组织上入了党，但思想上并没有真正入党。

要根治党内的腐败现象，使党风有根本的好转，使广大共产党员牢固树立为共产主义奋斗的信念和为人民服务的思想，一个十分突出的问题就是必须重视和解决好党员思想入党的问题。首先，要加强思想教育，把好"入党关"，严格要求多帮助。对已经入党的党员，要从制度上、组织上采取措施，保证其在思想上、作风上加强自我修养，刻苦改造世界观。其次，要健全组织生活。不能停留在口头上，不能只要求，不采取组织措施。要从组织制度上保证一个党员参加组织生活，开展批评与自我批评，使一些可以救药的人，不至于堕落为犯罪分子。再次，党的组织要发挥组织作用，敢抓敢管。并加强对党员的批评、监督。党员一定要对不正之风敢于抵制，敢于斗争，尽到共产党员的责任。

毛泽东同志曾经说过："世界观的问题是一个根本的问题"。因此，要通过深入的思想教育和强有力的组织工作，使广大党员树立无产阶级的世界观，做到思想健康，邪气不入，作风正派，一尘不染。只有这样，才能保证党员有朝气，党组织有威信。

注：此文于山西省委党校省直分校培训班学习时作。

漫谈新观念与新人才

——读上海某青年毛遂自荐当厂长的启示

(1986年7月12日)

当今的世界，正处在一个突飞猛进、改革创新的时代。我国所进行的改革，可以说是"十月革命"以来所有社会主义国家中规模最大、影响最深的前无古人的伟大事业。这种改革的新形势，迫切需要用新观念去选用新人才。

新观念，是指适应改革的全新的用人之道。在指导思想上，要由过去挑选搞政治运动的骨干到今天提拔搞生产经济的能手，既重德，又重才；在选才的方法上，要由过去单纯领导决定到今天领导和群众相结合，发扬民主搞推荐，毛遂自荐敢揭"榜"；在用人标准上，要由过去单纯听话老实肯干到今天敢于当"出头鸟"，能说能干，敢于打开新局面的能人。这种新观念，要求从理论和实践的结合上认识改革的特点和规律，建立在高度自觉的基础上。

然而，在现实生活中，有的人并没有真正认识和理解这种新观念。他们觉得只要表一个好态度，搞一些好形式，要一些"花架子"，就可以解决问题。殊不知这是一种自欺欺人的办法。"文章"中所讲的用民主的办法挖掘人才，的确是一种新办法，它一改多少年"古"的僵死的做法。但由于他们没有真心实意地树立这种新观念，结果青年人才站到面前，还误认为是庸才、废才，结果全厂哗然，众人瞠目，多么痛心！

所谓新人才，就是指在新的时代，敢于站在改革的前列，敢于冲破传统的世袭观念，有远大志向和创新精神的"出头鸟"式的人物。"文章"中所说的青年，正是一位有理想、有抱负，敢讲"想当厂长、管好企业"的心里话，敢于脱颖而出的强者。他具有远大理想，有实现行为目标的内在动因，有不达目的绝不止息的精神力量。他就是一个敢于对空长鸣的

"出头鸟",这种精神是多么的难能可贵,应该和厂内的一些同志一样,大力地赞扬和肯定。试想,如果没有这种以至于一批批的"出头鸟",我们民族就会无声无息,而这样下去是注定要衰败直至灭亡的。没有"出头鸟"百啭歌鸣的森林是寂寞可怕的;没有"出头鸟"碎语啾啾引来的黎明是缺乏生气和情趣的。因此,我们一定要真心实意地爱护和保护这种"出头鸟"式的青年人才。

新人才靠新观念去认识、去发掘。没有新观念就一定不会有新人才。"文章"中的青年的表现使问题征答者大为"感冒",并遭到一些人的抨击、摇头以及"这小子真不是玩意"的内心谴责,其根本原因是这些人对改革不认识、不理解,没有新的用人、看人观念,内心世界仍然抱着老祖宗已经过时的黄历来看待和查找今天的对象。他们看不懂,有意见,不正是"宁可全体用四足行走,也不许让某个直立双足健步如飞"的猴子哲学以及"宁可全都平庸,也不许有人冒尖"的东方嫉妒心的表现吗?古人说得好,"木秀于林,风必摧之;堆出于岸,流必湍之;行高于人,众必非之"。这就由物及人道出了"出头鸟"式的人物难以逃脱的厄运。殊不知古代封建王朝这条大逆潮流的规律仍然延续到今天,在上海某轻工厂以至于整个社会的角落还有不少的市场。中国漫长的文明史给我们留下了丰富的遗产,但也保留了一些封建式的糟粕。中庸之道代代相传,根深蒂固,它使多少人安于现状,不前不后,安居中游,虚度年华。可见,破中庸之道,才有新的观念;有新的观念,才有新的人才。

诚然,社会是人的社会,人是社会的人,绝对一致的认识和行动是没有的。"出头鸟"式的青年及改革者,要正确对待"非议",在"非议"中成长。请你们勇敢地飞吧,党和人民在注视着你矫健的身影,时代在倾听你动人的豪歌。

时代造英雄,新人会辈出。新人才要在新观念指导下去挖掘、培养和使用。否则,再好的人才也只能夭折。因此,我们整个社会都要为"出头鸟"式的青年人才大唱几曲赞歌,以壮其威;点亮几盏"绿灯",以助其行。让更多的新人才破土而出,来推动我中华早日腾飞。

注:此文于山西省委党校省直分校培训班学习时作。

上海"金都花苑"合作成功的几点启示

(1998年4月21日)

1995年底,我公司同浦东新区危旧房改造小组签订《目标责任书》,正式承担了浦东定家宅旧区的改造任务,项目定名为:金都花苑。经过两年多的风风雨雨,做了大量艰苦细致的工作后,终于完成了项目前期开发任务,实现了由独立开发到合作开发的重大转变,引进动迁和建设资金预计人民币3亿元以上,目前已经到位近亿元。项目招商成功,展示了良好的社会效益和经济效益,为浦东的旧区改造和城市开发建设做出了积极的贡献,为公司今后操作更大的房地产开发项目积累了宝贵的经验,为金宝公司的进一步发展奠定了重要基础。

回顾总结项目开发及招商的整个过程,我们感到有以下几点启示在今后的工作中应该认真地吸取,并且不断地总结经验,进一步发扬光大。

一、选好项目是成功的坚实基础

金都花苑,为浦东新区的旧城改造项目,占地3.23公顷,规划建筑面积7.4万平方米。这种具有一定建设规模的项目,能够获得招商成功,其中重要的一条是项目选得好。

该项目一经批准由我公司实施,很快受到了房地产同行的关注。大家一致感到金宝公司能够取得项目的牵头开发建设权,实属不易,并一致认为项目具有良好的开发前景。当时我们把该项目概况为"三好"。第一,地理位置好。它位于小陆家嘴金融贸易区的中心区域,周围商业、金融、交通等服务设施已具规模，既有新区行政管理机构，也有众多银行、保险公司、证券机构等商务场所。另外东方医院、崂山商场、新上海商业中心等，日常生活服务设施齐全，区域环境良好，属于浦东新区的黄金地段。第二，项目定位好。将项目定位于高档住宅小区，具有规模效应，对金融区众多商办楼的住宅配套，具有重要意义。黄浦区东岸的陆家嘴金融贸易区累计有60幢现代化的办公楼宇基本建成，而小陆家嘴地区环境优良的内销居住用房建成很少，大批危旧改造项目刚刚起步，建造质量优而且环境美的高档住宅市场广阔、前景看好。第三，优惠政策好。定家宅项目纳入危旧房改造计划，享受相应的优惠政策，内容包括：返还土地出让金、免缴市政配套费、免缴固定资产投资方向调节税、免缴新型墙体材料基金、免缴人防建设和免缴城市房屋拆迁管理费等。经过测算，优惠政策的实施到位，可比同类未享受优惠政策的项目节约成本6000余万元。这是客户感兴趣的重要因素之一。

  在取得定价宅项目开发建设权的过程中，先后有多家房地产公司参加了竞争，最后我公司能够如愿以偿，主要是"三靠"：一靠新型观念。金宝公司1993年成立后，在两年多的时间里，对房地产业的开发建设进行了认真的探索实践，当时参建和自建的房产近四万多平方米，但由于地段等因素限制，经济效益没有得到充分体现。总结几年的经验教训，我们对房地产经营开发的认识得到了升华。大家认识到房地产开发成功，第一要靠地段，第二仍要考地段，第三还是要靠地段，这是被实践证明的真理。尤其是公司领导认识到：公司要大发展，必须树立必胜的信心，站在高起点，敢于和善于进行大项目、好项目的操作。这种观念对定家宅项目的最后敲定起到重要作用。二靠对比优选。经过几年的实践，公司选择项目的能力大大提高。到1994年我们把选项的重点渠道放在政府主管部门。对通过广交朋友、听取介绍和通过新闻媒体的传播选择放在次要渠道。1994年10月，浦东新区规土局提供了"七个旧城改造项目"，我们经认真分析研究，进行对比优选，选定位置最好的定家宅项目，当即上报了《自荐报告书》，抓住了机遇。三靠积极公关。首先，公司领导和工作人员注意树立良好形象，同有关部门、有关同志保持和增强联络，增加信任；其次，请路局领导同浦东新区领导进行会见会商；再次，靠实力、靠资金运作和积极工作，银行根据我们的资金实力出具了较强实力的信誉度证明，从而奠定了较强的物质基础。

实践再一次告诉我们，好项目是公认的，好项目需要我们具备鉴赏力，更需要有意识地去力争。好项目来之不易，好项目前途光明。

二、搞好前期是成功的基本保证

取得项目的开发建设权，这只是万里长征的第一步，要把潜在的效益变成直接的效益，要把项目真正的操作好，一定要扎扎实实地把前期工作做好。这样，项目的成功才有坚实的基础。"金都花苑"项目之所以成功，前期工作做得好功不可没。

项目批准后，我们便对项目做了全面分析，进行了全面部署，组建工程建设指挥部，确定了实施改造计划。当时，我们只有一个信念，就是不管是自己独立开发，还是合作开发或者招商开发，都必须把项目前期工作抓紧、抓实、抓好，这样才能取得工作的主动权。后来在招商的实践过程中充分证明了这一点。

在前期工作中，我们重点抓了四项工作：

第一，火速办理户口冻结。项目批准后，我们以最快的速度办理了《建设用地规划许可证》，进行户口冻结和清查，为项目的实施争取了时间、节省了费用。之后连续几天，进行了现场的房产评估工作，为拆迁和可行性研究准备基础材料，对动拆迁制定了一系列方案，并对动迁房源进行了实地考察，对拆迁费用进行了科学测算。

第二，注册了合法名称。承担了定家宅项目后，我们和新区政府签订了《目标责任书》，承诺三年完成改造任务。为有利于招商引资，我们力求规范操作，并强化项目的影响力，通过多名称优选，经上海市地名委员会批准，将定家宅旧区改造项目注册命名为"金都花苑"。经《文汇报》刊登后，有效地、很快地提高了项目的知名度。原有长宁区"金都花园"

项目因未正式命名被迫改名"金都苑",无形中扩大我方项目名称品牌的影响力。

第三,落实优惠政策的到位。为保证优惠政策的到位,预防中途变化,我们昼夜兼程,用了三个月的时间,就将上述工作落实到位。经过项目评估、评审、批准,项目的土地出让金实现100%全免,并签订了出让合同。办理了免缴固定资产投资方向调节税、新型墙体材料基金、城市房屋拆迁管理费等审批工作。经过努力,用最短的时间,就取得了《土地使用证》,在新区七个旧区改造项目中名列前茅。

第四,搞好方案设计和资料编辑。公司同新区政府签订《目标责任书》以后,我们很快完成了市政配套五个方面的征询意见。然后委托上海建筑设计研究院等三个设计院进行了五稿方案设计,委托二家勘测院制定了勘测设计方案。与此同时,还组织人员编写了《金都花园项目评估报告》《投入产出浅析》《项目简介》《周边楼市简况》《陆家嘴发展信息》《上海房产信息汇编》,为进行项目开发和招商创造了良好的条件。

在招商过程中,我们接触了多批单位,大家对项目的前期工作给予很高的评价,一致认为前期工作做得细、做得快、做得好。这一点,我们要在以后的工作中继续发扬。

三、知难而进是成功的重要因素

在项目实施过程中,遇到了种种困难和问题,我们发扬了坚忍不拔、锲而不舍的精神,依靠辛勤劳动、集体智慧和法律保护,终于克服了一个又一个的困难,迎来了胜利的曙光。

适应技术参数的调整是知难而进的第一仗。1994年,我们在争取项目的过程中,规土局提供的技术参数为:占地面积38632平方米,容积率拟为3,规划建设住宅115896平方米,基地有居民352户,单位2个。根据这些参数所进行的可行性研究,效益是显而易见的。但正式确定之前,技术参数有重大调整。占地面积变为32301平方米,容积率变为1.8,规划建造住宅62800平方米，基地内现有居民增至670户，个体户24户，单位2个。面对着锐减的面积和倍增的居民，我们犹豫了，能不能上，敢不敢上，大家思想中进行着激烈的斗争。不上，机遇将擦肩而过；上马，变化大，风险大。怎么办？公司领导认真分析了形势，看到了建设多层住宅有利的一面，估计了容积率可以调整的可能性，然后大胆决策、坚定信念、满怀信心地将项目争取到手。

规划和容积率调整，走出了决定性的一步。根据1995年底上海市规土局对于陆家嘴金融贸易区的控制性详细规划，由于考虑到沿江的景观规划，项目批给我们后，规划却发生了较大的变化，整个规则的长方形地块被一条从西北角到东南角的20米宽的道路一分为二，如照此规划，不但破坏了小区的完整性，更使项目的土地成本大大增加。我们召开了"诸葛亮会"，深入进行了研究，找到了突破口。我们抓住《目标责任书》已经签订，项目批准规划与市里的整体规划有矛盾，这样的责任不应该由开发商来承担，应该坚决维护原方案的严肃性。经过一个月的协调、协商，最后经新区规土局领导出面做工作才决定维持原批准规划。在解决原规划问题同时，我们又把工作重点放在解决容积率的调整问题中。调整容积率难度更大，很多部门和同志要维护规划的严肃性，不同意调整。在困难面前，我们知难而进：一方面委托上海市评估公司重新进行评估，以"基地面积减少，动迁成本增加，多层住宅增多"等因素为依据，编写了容积率调整报告书；另一方面通过多种渠道，多种方法进行工作，取得各级领导的理解支持。此项工作从1996年4月开始，历时4个月，终于如愿以偿，将容积率从原来的1.86调整为2.3，增加建筑面积12000平方米。这一举措，在合作建设项目中起到了决定性作用。

对项目实施过程中同合作伙伴发生问题的果断合理处置，奠定了项目的最终胜利。在整个项目招商过程中，我们先后同18家单位进行商谈，起草合作意向性合同的有5个单位。签订正式合作开发合同的有2个单位。1996年初同上海某单位签订了合作开发合同。对方承诺前期开发费各支付50%，另外支付我方一部分前期补偿费。经过8个月的合作，对方只支付200万元，此后，无法继续投入，但又坚持不肯放弃合作，多次协商无果。如果不及时处置,项目将无法深入实施。我们遇难而上,讲法律、讲友谊、讲斗争,终于妥善解决,由对方退出合作。

1997年初,又同另一个公司签订了合作开发合同书。开始履行尚好。到1997年四季度发生了严重问题,对方失信毁约,我方权益面临严重损害。我们又一次面临考验。我们想方设法,当机立断。通过行政,法律等手段,取得管委会领导的支持,将项目一次性转让给对方。尽管经济效益比原来有很大降低,但保持了公司良好形象,将投资风险彻底解决。现在看来,如果当时优柔寡断,对方坚决要求我方投50%,那么在东南亚金融风波的影响下,后果将难以预测。

"金都花园"项目的招商成功,是我们房地产经营的有益尝试,尽管在经营过程中还有这样那样的遗憾,但在目前市场条件下,实属难能可贵。在今后的实践中,我们一定要进一步总结经验,吸取教训,把公司的这种类型的项目操作以及各方面的工作大大推向前进。

注:此文作于1998年4月,为北京铁路局多经系统无锡研讨会上的发言稿。

树立忧患意识，坚持稳步发展

——读吴炳新三人自我剖析文章的启示

（1999年7月16日）

最近，我反复阅读了吴炳新自我剖析《三株十五大失误》、巨人集团总裁史玉柱《痛定思痛：我的四大失误》、飞龙总裁姜伟《自省二十大失误》。经过认真地思索，感到震动很大，启示很深，收益很多。我清醒地意识到，经营一个企业很难，经营好一个企业更难，经营好一个长盛不衰的企业难上加难！

"飞龙""三株""巨人"，都是中国当代民营企业的佼佼者，都有过辉煌的经营业绩。那么为什么会从短暂的辉煌跌入发展的低谷呢？我认为，出现这种局面的原因固然是多方面的，但决策失误、用人不当、盲目扩张是共同的教训。这种教训，对于每一个企业经营者来讲，都应该深刻吸取，尽量地避免犯同样的失误。一个企业，在追求优良的经营业绩和美好的发展前景时，必须树立忧患意识，坚持稳步发展。

目前，金宝公司的发展也到了一个关键的时期。经过几年的发展，奠定了一定的基础，取得了明显的成效。但是，过去的成功，不能代表永远的成功。在房地产项目的经营中，一定要反复研讨，谨慎、科学决策，把问题想得多一些，保持"平常心"和清醒头脑，使决策万无一失，使金宝公司永立不败之地，并且得到健康快速的发展。在这个问题上，自己作为第一管理者，重任在肩，一定要既敢于开拓，又慎之又慎，把各方面的事情办好。

为保持企业的长盛不衰，我认为还有三条启示应该认真吸取。

启示之一：必须坚持科学的经营决策。实践证明，决策失误是最大的失误，没有好的决策，就不会有企业的兴旺发达。"飞龙"的失误，与其决策的浪漫化、模糊化、急躁化有着直接的关系。这几年，金宝公司为保证决策科学化，进行了不少探索，比如"四段八部"式决策流程、"法人决策同集体决策相结合"等等，但在新的形势和任务面前，还要继续完善和提高。

启示之二：必须坚持正确的用人之道。现代企业的竞争，实质上是人才的竞争。一个企业如果没有良好的选才、用才之机制，要取得发展是不可想象的。吴炳新在自我剖析中所讲的十五大失误，很多部分与用人有关。一个企业的健康发展，必须建立在有理想、有信念、有精神、有事业心和责任感、有战斗力的职工队伍的基础之上。我们要在这方面狠下功夫。

启示之三：必须坚持经营规模的合理拓展。实践告诉我们，企业的经营拓展并非是越大越好；多领域的经营拓展，要取得成功，难度很大。史玉柱多元化经营的教训应该认真吸取。经营也应该是"T"型结构，一定要有"拳头"产品和专业产品。尤其在不熟悉行业和领域的投资应尽量避免，熟悉领域的投资经营也要坚持谨慎为要。

乔家大院兴衰的启示

(2004年8月21日)

清朝时期,商业极盛,以晋商、徽商、潮商为代表的商帮非常著名,而其中尤其以晋商为最,号称清朝政府的"金库",左右着大清天下的金融市场。晋商的中坚核心力量乃是祁县、太谷、平遥的商人集团,而祁县乔家大院又是其中的佼佼者。

乔家商业始祖乔贵发从乾隆初年出走"口外",在包头发迹,至1953年公私合营结束,其间经过六代人苦心经营,约二百年辉煌历史。其创办的"复盛公""复盛西""复盛全""大德通""大德恒"等著名商号,在中国商业的历史上留下了光辉的一页。

"先有复盛公,后有包头城"的民谚,这既说明了乔家的复盛公字号历史久远,又反映了乔家商业对包头城发展形成的巨大影响。当乔家发迹始祖乔贵发于乾隆初年来到包头经商时,包头仅仅是一个几十户人家,三百多人口的塞外小村落。至乾隆二十二年乔贵发创办复盛公字号时,包头发展到一千多人,民国二十六年(1937),又升为包头市。乔家的复盛公字号,无论是对一个家族的贡献,还是对一个城市的发展;或者是论它的持续时间之长(150年),繁荣兴盛的程度(先后在包头繁衍了十几个独立的分店),在中国商业史上都应该写上重重的一笔!

乔家大院的鼎盛时期,慈禧太后于北京转移西安之途,曾在乔家位于祁县的大德恒总号设临时行宫居住,西太后对此种时刻还能享受到皇宫待遇十分吃惊,对山西票号留下了极其深刻影响。左宗棠任陕甘总督兼新疆督办时,于乔家的票号存取汇兑,对乔家颇有好感。在西安安定下来后,左宗棠调任军机大臣,在陕京途中,兴致勃勃地绕道来乔家堡拜访东家,并给乔家"百寿图"写了一副对联:"损人欲以复天理,蓄道德而能文章",横额为:"履和"。

那么,乔家是如何发迹的呢?他对我们来讲,有什么重要的经验教训需要吸取呢?我认为主要有以下五点启示:

一、发愤图强是成功的根本动力

每个人对自己的事业前程,总会怀有理想,希望有朝一日飞黄腾达,事业有成。但在实际情况下,却常常会碰到挫折与困难,影响着发展和进步。在这种逆境下,面对的路有多种,关键看你如何做出抉择,是一味地沉溺于失败的痛苦中,或是满足于现实、苟且偷生,还是发愤图强,以图东山再起。正确地面对失败,正确认识自己,订出切合实际状况的计划,对达到理想目标十分重要。

相传乔家堡的乔氏大家族曾是衰落的一支。乔贵发7岁丧父,10岁丧母,从此成了孤儿。十来岁的乔贵发只得去祁县东观的外祖母家生活,从此开始了他苦难的童年。当他15岁时,外祖父外祖母相继去世,他所受的爱怜越来越少,所受的歧视却越来越多。于是,心一横离开了外祖母家,回到乔家堡,自立门户,开始了孤苦无依而又自在的生活。由于无人照顾,挣的钱只能维持生计,结婚成家更是无望,乔贵发在无望中苦熬着光棍汉的日子。逼使他远走高飞的主要原因竟是一次喜宴上受辱引起的。乔贵发的本家侄儿结婚,因为迟到,他被总管和本家长辈破口大骂,并将其安排在小辈坐的席位上,万分气愤。之后他暗暗下决心,要争口气活出个人样儿来,要挣钱,要娶媳妇成家,要比别人活得舒展,更像样儿!发奋而后图强,乔贵发从自卑中振作起来了,他要求寻找新的生活。

那么,如何开辟新的生活呢?他立志远走高飞,做买卖走口外。于是在春暖花开时,他背上行李悄悄地离开乔家堡去了贾令镇。当时贾令镇地居官道要冲,是南来北往的商队驮队的必经之处。因这些商队驮队中常有祁县人,乔贵发便攀上点老乡关系,再有点机灵和勤快劲儿,便随这些商队驮队去了口外。在一家祁县人开设的商号里拉骆驼，干艰难劳累的营生。骆驼是一种能吃大苦、耐大劳、受大罪的牲畜，拉骆驼的人也须有这种功夫才行。当时俗语称："世上三般没奈何，赶车下夜拉骆驼"。

乔贵发在内蒙古到汉口的商道上走了几年，走了几十个来回，吃了不少的苦，受了不少的罪。但也开阔了眼界，增长了见识，悟出了一些经商做买卖的道理和诀窍。久而久之，他终于悟出了自己的"商道"。经过一番琢磨，他选准了做豆腐生豆芽的买卖。因为是独家买卖，所以一上市，不仅抢手，而且价格好，利润可观。一年下来，就把他几年拉骆驼积蓄的本钱翻了几倍！乔贵发喜出望外。他不再是穷汉，不再是拉骆驼的，也不再是店铺的小伙计。他成了买卖人，成了掌柜的。

二、知人善任是企业兴衰的关键所在

现代社会的发展，每一个企业都面临着日益严峻的竞争形势，适者生存的哲学，也同样适用于现代企业。在这种国际范围内的大竞争市场中，那些因循守旧缺乏活力的企业逐渐被淘汰，而那些富于进取、勇于创新的企业独占鳌头，领导着企业发展的新潮流。企业如何在竞争中取胜，依靠什么才能使企业在竞争中立于不败之地？人力资源是关键所在，因为这是一种无法模仿、实难替代的最有持久力的资源。企业要适应社会的进步，就必须发展，要发展就必须创新，而发展创新的关键在于人才管理。企业有优秀的人才，并能有效地使用，企业便有了生存的空间，便有了创新的希望，便有了成功的保证。所以，我们说知人善任就是企业兴衰的关键所在。

乔家自发迹始祖乔贵发以后，代代告诫后人，经商之道，必以选贤任能为首要。乔家后人铭记祖训，虽对各字号买卖放手不问，被称为"甩手东家"，但却十分注重任用各号的大掌柜。自乔致庸以来乔家商业突飞猛进，更与任人唯贤和知人善任有关。任用阎维藩为大德恒大掌柜便是明显的证明。阎维藩是祁县下古村人，自幼贫寒，念了几年书便辍学进了平遥蔚长厚票号学徒。他天生聪明灵活，口齿伶俐，善于应对，又写得一手好字，再加勤劳肯干，深得掌柜赏识。于是总号派他去福州分庄当经理。他去福州以后，积极拓展业务，结交官府，为东家赚了不少钱。当时福州有一位年轻的武官恩寿与阎维藩交往密切，也给蔚长厚揽了不少买卖。阎维藩看出此人前程远大，恩寿也被阎维藩的经商才干折服，二人交情日厚，如同兄弟。为使恩寿早日升迁，阎维藩慷慨地为他垫支了十万两银子。阎维藩虽然精明能干，却年轻资浅，来福州分庄任经理后，颇受年长的同事嫉妒。这样一来，他们见有机可乘，便写信向总号告了阎维藩一状。

总号得知此事后，觉得这么大的事不与总号通气，不仅有越权之过，更有冒险之错，此事至少该给总号通报一声。而且，若恩寿还不了银子咋办？于是派人来福州查处阎维藩。后来，恩寿晋升为汉口将军，不几年，汉口将军便还了蔚长厚福州分庄的十万两银子。阎维藩觉得此事已了，想到当初差点被总号查处，便对蔚长厚没了感情，所以决计离开蔚长厚票号还乡另谋他途。阎维藩还乡途经汉口时，恩寿念当初之恩，对他隆重接待，敲锣打鼓，并马而行，称兄道弟，闹得汉口沸沸扬扬，阎维藩名声大振。消息传到了千里之外的乔家在中堂。乔景仪知道父亲的用意，备了八抬大轿，两班人马，前去子洪口迎接阎维藩。这子洪口为交通要道，是阎维藩回祁县老家的必经之地，一班人马在子洪口住了几天才等到阎维藩。阎维藩来到乔家时，乔致庸备盛宴款待，极尽东家之宜。乔致庸见阎维藩举止有度，谈吐有节，精明中不失稳健，自信时不失谦逊。说起票号业务，更有真知灼见。再得知阎维藩年仅三十六岁，更使乔致庸赞不绝口：年轻有为呀，后生可畏呀，经济大才呀，其殷切之情如同刘备三请诸葛亮一般。

于是，阎维藩出任了乔家大德恒号的总号大掌柜。此时的乔家是祁县乃至整个山西屈指可数的财东之一，财势赫赫，远远超过了介休侯家，而且大德恒也远比蔚长厚票号重情，使其深受感激。当即表示，为报知遇之恩，愿殚精竭虑，鞠躬尽瘁，为乔家的商业效犬马之劳！此后，阎维藩主持大德恒票号二十六年。由于他身怀雄才大略，再加苦心经营，使大德恒业务日新月异。在他主持商务期间，每股分红（三年）在八千至一万两白银之间。中间连遭甲午中日战争、义和团运动、庚子事变、辛亥革命、军阀混战等诸多社会动荡，许多商家票号纷纷倒闭破产，而他主持的大德恒票号却因能采取及时的应对策略，安然度过了这些险滩恶浪，为乔家的商业立下了卓著的功勋。

三、远见卓识是立于不败之地的重要保证

一个企业无论今天怎么好，怎么领导业界的新潮流，如果不随着形势和环境的变化而寻找合适的对策，而是安于现状，缺乏进取，那么他迟早会变成落后者，跟不上时代发展的新潮流。

中国历史上第一个官办银行是大清户部银行，创办于光绪三十一年（1905），后于光绪三十四年改组为"大清银行"。大清银行的具体创办者，第一任银行行长叫贾继英，他从小受到父母的启蒙教育，再入私塾念书，学得不少知识。但家境贫寒，无法继续读书，遂经人推荐进了大德恒票号学徒。它有文化，有见识，又办事干练，颇受掌柜赏识。当时阎维藩主持大德恒号事，知贾继英是个人才，便有意培养，破格提升他为大德恒太原分庄经理。贾继英年轻有为，积极拓展业务，使大德恒在太原颇有声望。时遇庚子事变，八国联军打进北京，西太后携皇宫一班人仓皇西逃，路途遥远，开支浩大，不得已她让近臣巡抚召集太原各大商号票号的掌柜宣太后圣意，筹措银子。

此时，时局不定，大清江山岌岌可危，许多老掌柜思谋着"君子不立于危墙之下"，担心西太后有借无还，于是纷纷退缩，而把年仅25岁的大德恒太原分庄经理贾继英推到前面，并纷纷恭维贾继英和大德恒。贾继英揣摩到了那些老掌柜们的用意，但他想的却是，大清江山虽然岌岌可危，但断不会马上就倒；八国联军虽凶，但也不至于能把大清江山推翻。既然大清王朝倒不了，堂堂皇室朝廷也就不会欠下百姓的银子。退一万步来说，万一大清江山倒了，覆巢之下无完卵，与朝廷官府互为依存的山西票号也得倒闭。既然如此，此时朝廷伸手向各家票号借银子，非但不能缩头

缩脑，反而该大大方方才对。这也是树立票号商号信誉千载难逢的好机会。于是贾继英代表各号掌柜，从从容容地站在最前面，向太后近臣和山西巡抚自报家门："我是祁县乔家大德恒票号太原分庄主事贾继英，自古道，天下兴亡，匹夫有责，今日朝廷有难，皇室出行略有拮据，我们票号理应全力效忠，不知需要多少银子？"西太后近臣和山西巡抚一听贾继英的话，喜出望外！再看看贾继英年纪轻轻，更对他刮目相看，巡抚和近臣商议了一下，说："太后一行，路途遥远，开支浩大，请各字号筹措，需凑够三十万两银子才好。"贾继英转身问各字号掌柜："诸位，意下如何？"这些掌柜吞吞吐吐，彼此推让，谁也不先开口。贾继英见状早有主意，便大声说："既然诸位有难处，这三十万两银子我大德恒包了。"听了这话，各号掌柜都呆了。他们以为贾继英疯了，近臣和巡抚则欣喜若狂，总算把太后下达的旨意完成了。答应了这三十万两银子后，贾继英又说了一句话："太后西行的路费由我大德恒垫支；太后西行若有税赋收入，还请让我大德恒经营。"

此后，西太后在西安期间，税赋收入都由大德恒经营。大德恒俨然成了大清朝廷的临时府库。贾继英此举深受大德恒总号经理阎维藩的称赞："古人说，五百年必有王者兴；我说，一千年也出不了个贾继英。奇才，千古奇才。"一年以后，庚子事变平息，西太后回到北京，待把紊乱了一年的朝政理顺后，她又想起了山西票号，想起了大德恒。一个普通民间票号能有那么大的财力和气魄！一句话，三十万两银子就凑齐了，就能供应皇宫几千人几千里地的路费！她对票号发生了兴趣，遂有开设官办票号之意。由于当初在太原时贾继英的突出表现，其后又经过一年多的往来，太后近臣与贾继英关系密切，交情深厚，太后本人也对贾继英有了良好的印象。所以，西太后筹办官办票号意欲启用贾继英，她下旨召见贾继英，西太后说："去年你那票号垫支皇上西巡的费用，衷心可嘉，我该替皇上谢你，你想做官，还是想经商？"西太后接着说："我给你个差事吧！既是做官，又是经商。"于是西太后下旨，授贾继英官品，并赏了他半副銮驾，让他筹办大清户部银行。贾继英从此脱离了乔家的大德恒票号，一下子成了大清户部银行行长，成了西太后的红人。他乘西太后赏赐的半副銮驾风风光光地从北京回到了榆次六堡，真是衣锦还乡了。之后，贾继英在榆次城内买了整整一道街的房子，并请西太后赐名为"寿安里"。榆次便有了一条独一无二的以"里"做街名的街道。光绪三十一年，户部银行成立开张，贾继英任首任行长。光绪三十四年又改组为"大清银行"，贾继英继续任行长。其后，由于辛亥革命，大清银行倒闭，但贾继英名震天下，才冠商界，阎锡山又任用他为晋生银行行长等职，成为其理财行政的得力助手。

四、仁义经营是克敌制胜的法宝

  企业处于激烈的市场竞争的环境中，应以和为贵，凡事留有余地。仁义经营、以和为贵是我们传统的伦理道德、价值观念。用这种态度去处理日常工作，才能有融洽和谐的人际关系。企业在生产经营活动中，拥有一大群关系融洽的合作伙伴，是企业成功的基础。否则，就会走向其反面。

  由于买"树梢"，乔贵发的买卖栽了跟头，把千辛万苦积累的商业成果，几乎毁于一旦，乔贵发这个大掌柜也心灰意冷了。他痛定思痛，追悔莫及。他觉得自己大意误事，连累了合作伙伴秦某，因而自责不已，决定将责任和损失全由他一人承担，愿把这个他占多数份额的草料铺全部让给秦某。秦某也是个讲义气的人，他虽然也怪乔贵发大意失手，但买卖是二人共同的，过去赚了同赚，今日赔了也该同赔，怎么能让乔贵发一人独扛。更何况是结义兄弟呢？乔贵发不连累他，要一人承担损失，那是乔贵发的义气。可他秦某也不能不讲义气啊。所以秦某坚决拒受，一定要有福同享，有难同当。乔贵发见说不上长短，也就不再说了，便回到祁县老家去养养精神去了。他的意思是，说不上个长短却总得有个长短，他一走，这个铺子不就自然是秦兄的了吗？秦某想到乔贵发受了这番打击，的确也该离开这里回家乡养一养，便答应了乔贵发。于是，乔贵发回到了祁县老家乔家堡。

  秦某留在包头看铺子，因刚栽了跟头，生意清淡，无甚事做，一个人倒也照料得过来。夏天种些蔬菜，冬天做豆腐生豆芽，再招待些零星客商，草料铺慢慢恢复元气。乾隆二十年，因冬天生豆芽做豆腐需要黄豆，所以他把柜上的现银都买成了黄豆囤积起来。也是该秦某露脸，乾隆二十一年，包头一带大旱，除了能引黄河水的土地外，大片土地几乎绝收。于是粮食暴涨，秦某把囤积的黄豆相继抛售，赚了一笔大钱。这是草料铺自买树梢栽了跟头以后的第一笔大买卖。秦某觉得这是个好兆头，便要回山西接乔贵发上来，重整旗鼓。有人劝秦某不要犯傻，一个人能赚的钱，为什么要再叫来一个人分？秦某却是重义气的人，他认定本来是两个人的铺子，赚了钱怎么能一个人独吞。再说二人是结义兄弟，本该荣辱与共，祸福同当。于是，秦某乘回徐沟探亲之际，去祁县请乔贵发再上包头。几年不见，一番叙旧，兄弟二人感慨万千。路遥知马力，日久见人心。于是乔贵发再来包头，与秦某携手二次创业。他感谢秦兄弟的深重义气和盛情，也不推辞了，但要把这个本来他占份额大的铺子平分秋色。这样，秦某也不好推辞，于是，二人在新的条件下积极筹划重整旗鼓，终于创出了辉煌的事业。

　　先人创下的基业，后人仍仁义以对。若干年后秦家后人要求重查清算上辈在复盛公的股子，乔家以礼相待，如实处理。当时，复盛公大掌柜是马公甫，他也听说过乔秦两家的事。但早在他掌管复盛公之前，秦家就与复盛公没联系了。他掌管复盛公之后账面上也没有秦家的股子，所以在他的印象中，秦家已把复盛公里的股子抽完了。但这位秦家后人坚持说："我听上辈老人说，复盛公里还有我家的股子。"说有股子，没证据；说没股子，也没有证据，只有查老账了。入股子该有记载，抽股子也该有记载。但此时复盛公已有一百三十多年的历史，再上推到它的前身复盛公则有一百八十多年的历史。这一百八十多年的老账本堆满了整整五间房子！大掌柜考虑复盛公信义誉满包头，乔东家的厚道誉满包头，于是，便决定让管账的开始了繁杂的查账。四五个人翻腾了几十天，终于查出了老账底子：秦家在复盛公还有一百二十五两的股子，已经有四五十年没有分利了。管账的禀报大掌柜马公甫说："复盛公的信誉不能丢。乔东家的厚道名分不能丢。算吧！该多少就补给人家多少！"于是，将历年的分红，滚存的利息，一一结算出来，付给秦家后人。这次清算，秦家共得了八百两银子和很多布料、绸缎。此举，一时传为美谈。

五、妄我自大是失败的祸根

企业同人一样，骄傲不得。妄我自大会使企业的决策者对项目过分乐观，对投资的风险置之不理，造成决策失误，带来重大的经济损失。自信是成功管理者必备之素质，妄我自大则是失败之祸根。

中国最大的胡麻油大战便是一例。在乔家的鼎盛时期，包头历史上，甚至中国历史上最大的胡麻油霸盘生意开始了。此时资本雄厚的大德通票号在包头设有分庄，务财主向大德通交待，通和店要做胡麻油霸盘，大德通要全力支持。赵掌柜吩咐伙计们四处采购胡麻油。不久，包头一带的胡麻油绝了，通和店的所有油篓、油罐、油箱、油柜都装得满满当当！可是，有一家粮油店背后有归化城大商号支持，看见通和店要做霸盘生意便较上了劲儿。你想买绝，我让你买个够。包头的胡麻油买绝后，他们又用雄厚的财力从"后套"地区走黄河长途水运，继续给已经饱和的通和店输送胡麻油。务财主和赵掌柜看情况出了意外，知道有实力雄厚的大字号支持那个粮油店，便另谋对策。论银子，大德通绰绰有余，别说买包头乃至后套地区的胡麻油，就是把整个中国的胡麻油买了也行。可是没地方装呀。思来想去，最后二人决定，缝羊皮囊装油。内蒙古地区羊多皮多，可以缝制无数个羊皮囊，不怕装不下送来的胡麻油。另外，考虑包头地区已不可能卖掉这么多胡麻油，便计划走黄河水运到山西，然后陆运到河南等地去卖。

由于这场胡麻油大战，通和店门前的街上抛洒得到处是油，黄河边也抛洒得到处是油，包头的街上、包头至黄河边的路上到处是油。于是，从那时起，包头人流传下来一条链子语："十月的油，满街流。"最后，乔家赢了这场胡麻油大战，把胡麻油买绝了。包头所有的油坊、油店统统关门了。通和店的囤积使得包头市面上没有一家卖油了。后来包头的老百姓连灯也不能点了。这场胡麻油大战的后果，使包头一带的老百姓苦不堪言，满城怨气。在大战中败北的那家商号暗中资助地方乡绅和百姓向萨拉齐厅告发了乔家。萨拉齐厅把通和店的赵掌柜和财东乔景仪传到了萨拉齐衙门。务财主乔景仪进了萨拉齐衙门如入无人之境，昂首挺胸，不问安，不施礼，眼里根本没有萨拉齐厅官员。务财主傲慢的举止惹恼了萨拉齐厅的官员，他对务财主也不客气，指控他把胡麻油倒进黄河，使得百姓没油点灯。务财主则根据大清法律争辩："我犯了哪条戒律？哪条戒律不让商家买胡麻油贩运？"

权对权，硬碰硬，二人在公堂内外瞪眼拍案，愈辩愈僵，愈辩愈闹得官员下不了台，这个被称为"二俯"的官员恼羞成怒，面露杀机，想要来个先斩后奏。他一把抓住公案就要推翻，务财主知道"二俯"的用意，便也手抓公案扶住，冷笑道："你不用来这一套，我知道你要做甚，山西巡抚衙门见。"务财主机警，免了这公堂上的一死。但他知道萨拉齐厅想杀他，老百姓和地方乡绅对他有怨气，那家败于他手下的商号也对他怀恨在心，他觉得杀机四伏，便想寻思个脱身之机。后经与赵掌柜策划，务财主黑夜骑沙力图马逃出包头。为防止追赶，他不走老路而是南渡黄河走进了鄂尔多斯地区，然后再渡黄河进入山西境内。一路上只有一个跟班王头相陪，再加黑夜行路，人生地不熟，吃了许多苦头。才逃回了山西祁县乔家堡。这下，务财主松了口气。

当时，萨拉齐厅属山西巡抚管辖，于是官司移到了太原的巡抚衙门。这里有乔家的人情，又收受了厚礼，乔家便占了上风。但对方上告到京城，说办案的人受了贿赂，前后连续撤换了两个府官，官司也闹不出个结果。最后便把官司打到了京城，务财主也跟着去了京城。天子脚下的京城也有乔家的人情，京师九门提督马玉昆是务财主的结拜兄弟，他是能在西太后面前说上话的人。这日，马玉昆领务财主进了皇宫。他临上朝前安顿务财主在他临时歇息的屋里坐着别乱动，等他上朝归来。这里，务财主坐了许久不见马玉昆回来，便有些不耐烦。他见院子里寂静无人，便信步出了马玉昆的屋子来到院里散步，谁想务财主刚出门几步，"咔嚓"一声！他的人头落地了。原来皇宫里遍布暗哨，务财主没有穿朝服，人们也不认识他,暗哨把他当刺客斩了。

在这场胡麻油大战中,乔家动用了大量的银子和人情关系,仅乔家的包头通和店就赔了三万两银子。而在随后打官司中,乔家破费的银子就更多。有人说花的银元宝若一步摆一个,就从祁县乔家堡铺到北京城。不但如此,还把少东家务财主的命也搭进去了。

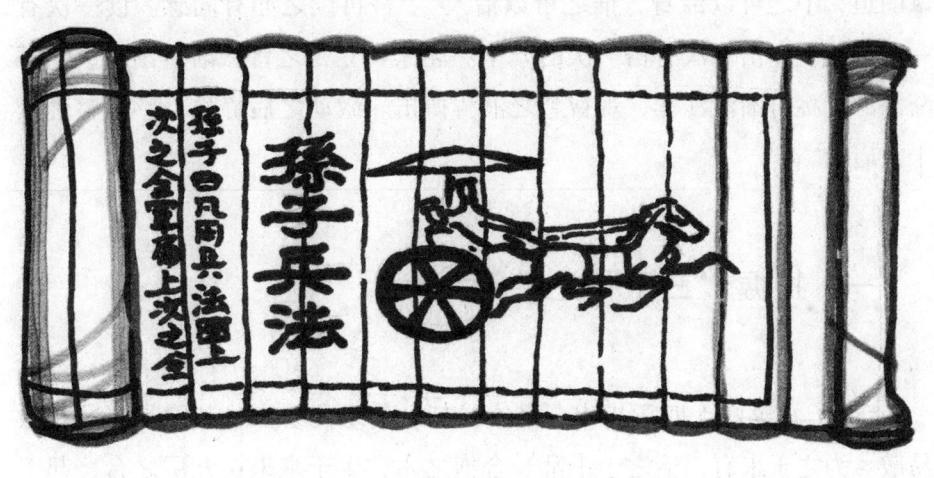

注:此文完成于2004年8月,专为山西省驻沪企业协会会刊《当代晋商》第一期创刊号撰写。

铸就人生辉煌的钥匙

——学习《道德经》的十大启示

(2013年12月29日)

《老子》，真乃中华经典之宝藏。清代魏源有云："盖老子之书，上可以明道，中之可以治身，推之可以治人"。吾再读之亦有同感。读一次有一次的收获，悟一次有悟一次的升华。涵泳其立言之旨，渐行渐进，渐潜渐深，真犹若渐溃汪洋，观智慧之浪涛搏击。激动之后静思，感悟整理其十大启示。

一、把握"三于"之基

《老子》第六十四章指出：其安易持，其未兆易谋；其脆易泮，其微易散。为之于未有，治之于未乱。合抱之木，生于毫末；九层之台，起于累土；千里之行，始于足下。为者败之，执者失之。是以圣人无为故无败，无执故无失。民之从事，常于几成而败之。慎终如始，则无败事。

此章告诉我们，事物安定就容易把持，事物未现特殊的征兆现象就容易谋划。事物脆弱就容易消解，事物微细不显时，就容易消散。作为，要在没有形成的时候；整治，要在没有混乱的阶段。合抱的粗木，是从细如针豪时长起来的；九层的高台，是一筐土一筐土筑起来的；千里的行程，是一步又一步迈出来的。民众干事情，常常在接近成功时而失败了。谨慎地对待终结就像对待开始一样，那么就没有失败之事。

"三于"之基，是做人做事和辉煌人生的"基础轮"。任何事物都有其形成和发展的过程，其规律即为从无到有，从有到小，从小到大，从大到强。萌芽生成大树，累土筑起高台，跨步可行千里。在实践中，凡事必须尊重自然规律，凡事必须预先谋划。应当坚信：学生的知识要靠积累，企业的财富要靠集聚。那种期求一夜成名、一夜暴富是不切实际的。遵循此规律则应该：选准方向前进，持之以恒专注，辛勤耕耘奉献。应当坚决摒弃松垮懈怠、急功近利和急于求成。相反，发生问题也是一点点聚成的，应防患于未然。毛泽东"星星之火，可以燎原"，是此原理的典范运用，而"拔苗助长"则是此原理背道而驰的反面教材。

二、学会"三知"妙招

《老子》第三十三章指出：知人者智，自知者明。胜人者有力，自胜者强。知足者富，强行者有志。不失其所者久，死而不亡者寿。

此章告诉我们，知别人是一种大智慧，知自己是一种大高明，知满足是一种大富有。知道别人的是智慧，知道自己的是高明。胜过他人是有力量，战胜自己是强大。知道满足的是富有，强力不懈的是有志。不丧失根基的能长久，死而不丧失的是长寿。

"三知"妙招，是做人做事和辉煌人生的"智慧论"。知人、知己、知足是安身立命之根本所在。成功人士必备之，必用之，必敬之。知人，是做事合作之前提，是一种难得的智慧和明智；知己，是做事合作之基础，是一种真正的高明和精明；知足，是做事合作之安全保障，是心态平衡与愉悦之根本。实践证明，不论从事何种职业，凡上当受骗，凡失误失败，要么不知人，要么不知己，或者不知足；要么既不知人也不知己，又不知足。俗话说"知人难，知己更难，既知人又知己难上加难"。"三知"说起来不易，做起来就更难。《孙子兵法》讲，不知彼而知己，一胜一负；不知彼，不知己，每战必殆；知己知彼，百战不殆。这是很有哲理的运用。这方面，毛泽东亦为伟大的高手，解放战争，粟裕副司令员被委任全权指挥淮海战役便是值得歌颂的知人范例，而诸葛亮挥泪斩马谡亦是具有说服力的教训之案例。

三、坚持"三以"方针

《老子》第五十七章指出：以正治国，以奇用兵，以无事取天下。吾何以知其然哉？以此：天下多忌讳，而民弥贫；人多利器，国家滋昏；人多伎巧，奇物滋起；法令滋彰，盗贼多有。故圣人云：我无为，而民自化；我好静，而民自正；我无事，而民自富；我无欲，而民自朴。

此章告诉我们，要用正道治理国家（诸侯之国）；要用出其不意之计谋用兵打仗；要用清静无为的思想夺取和治理天下。我凭什么知道是这样的呢？凭这些：天下忌讳越多，民众就越贫穷；民众手中的锐利工具越多，国家就越混乱；民众的技能越多，奇异的事物就越出现；法令越严明，盗贼也就越多。所以圣人说：我无为，而民众就自然顺化；我好静，而民众就自然上正轨；我不生事扰民，民众就自然富裕；我不富裕，民众就自然朴实。

"三以"方针，是管理和治理辉煌人生的"方法论"。"三以"，既是治国大计，也是管理大法；既适合治国，用兵，取天下，也适合企业的治理发展。以正治国，就是要以德治国。要求一身正气，两袖清风。就是要匡扶公正、公平、正义，坚持反腐倡廉。以奇用兵，《孙子兵法》《三十六计》就是其有力的诠释。无事取天下，就是要遵循科学发展观，不违背规律，不违背天理，不违背良知。这"三以"方针，对于治企，尤为重要。企业发展首先要走正道。要履行好企业的社会责任，诚实守信，生产优质的信得过的产品，不欺诈，不违法。其次要用奇招。"一招鲜"，吃遍天。一定要有一流的产品、一流的服务和一流的营销。要人无我有，人有我优，人优我超。再次，要有"以无事"之心态治理企业。要稳扎稳打，遵循规律，顺时顺势，决不能朝令夕改，自我折腾。"万科"王石高举不行贿之大旗是正义之举；"国美"张光裕牢狱之灾显然为应有报应。

四、牢记"三大"拷问

《老子》第四十四章指出：名与身孰亲？身与货孰多？得与亡孰病？甚爱必大费，多藏必厚亡。故知足不辱，知止不殆，可以长久。

此章首先提出三大拷问：名声与生命亲近哪一个呢？生命与财富哪个更宝贵呢？得到与失去哪一个有病害呢？紧接着指出了两个必然性的祸源：甚爱必大费和多藏必厚亡。爱得太过分了必定带来大耗费，藏之太多必定导致重大损失。最后开出了"两个药方"：知足，知止。知足，不遭耻辱；知止，没有危险。

"三大拷问"，这是智慧人生和健康人生的"指引论"。老子重视生命的摄养，重视生命的价值，反对追随身外之物。王弼注："尚名好高，其身必疏，贪得无厌，其身必少。得多利而亡其身，何者为病也"。实践反复证明，老子"三大拷问"，价值无限，永不过时。每个时代都有遵循之士，亦有违反之人。对于"知足、知止"的态度，有的心明而践行；有的心明而不践行。凡行者，有德能久；凡不能行者，失德有灾。这是已经被大量的事实证明了的普遍真理。王石善工作，善健身，登雪域高峰，为企业家优秀代表；王均瑶等一些企业家忙于工作，英年早逝，令人惋惜。

五、思辨"三有"之律

《老子》第五十章指出：出生入死，生之徒，十有三；死之徒，十有三；人之生，动之于死地，亦十有三。夫何故？以其生生之厚。盖闻善摄生者，陆行不遇兕虎，入军不被甲兵。兕无所投其角，虎无所措其爪，兵无所容其刃。夫何故？以其无死地。

此章告诉我们：出生是生，去世是死。顺其自然，长寿的这类人，占十分之三；各种原因中途夭折的这类人，也占十分之三；人之养生但妄动而致于死的，也占十分之三。何故之有？因为养生丰厚的太过分了。听闻到善于摄生的人，在陆地上行走，不会遇到犀牛老虎的侵害；加入军队参战，不会遭受武器的杀伤；犀牛用不上角，老虎用不上爪，兵器用不上锋刃。这是什么缘故？因为他没有陷入死地。

"三有之律"，是老子揭示生命现象的"规律论"。这是老子对生命的思考和规律的揭示。生命是由生走向死的自然规律和自然过程。然而，在此过程中，会存在截然不同的生命状态，即此"三有之律"。此规律告诉我们，世界上只有十分之一的人，善于摄养自己的性命，既有长寿之因，又有长寿之法，做到了顺应自然之长寿。而十分之三的人，注重养生，反而动辄走向死地呢？答案只有一个，生生之厚。就是生活在丰厚和优厚的环境，过度地贪婪对生活的享受。正是：五色令人目盲，五音令人耳聋。那么，应该如何摄生长寿呢？很简单，按老子的思想去落实，知足知止，清静无为。要从物质到精神，驾驭和控制好，做到不失控、不放纵、不泛滥、不浪费、不耗费。季羡林老师粗茶淡饭，心宽少欲，高寿而终，我们向其致敬学习。有些人专注美食，不善运动，腰肥体胖，百病缠身，应引以为戒。

六、践行"三去"之修

《老子》第二十九章指出：将欲取天下而为之，吾见其不得已。天下神器，不可为也，不可执也。为者败之，执者失之。是以圣人无为，故无败；无执，故无失。夫物或行或随；或歔或吹；或强或羸；或载或隳。是以圣人去甚、去奢、去泰。

这一章告诉我们，想要治理天下而采用有为的做法，我看他不能得到成功。天下是神圣的器物，不能勉强作为，不能用力把持。否则，有为者会败坏，执持者会丧失。所以万物，有的前行，有的后随；有的刚强，有的羸弱；有的成功，有的毁坏。因此，圣人要清静无为，归其自然，除去淫乐，除去奢靡，除去泰侈。

"三去"之修，是治国理政、修身养性和长寿摄生的"实践论"。坚持"三去"之修，既是成功法，也是保身法，还是长寿法。"甚"，《说文》："甚"，尤安乐也。引申为异常安乐。"奢"，张也。引申为奢侈、侈靡放纵。"泰"，《说文》：滑也。引申为滑溜和过分，成语"去甚去泰"，也注指做事不能太过分。成玄英也说，"甚"，则美其身色；奢，则丽其服玩；泰，则广其宫室。实践证明，不守"三去"者，皆有大祸，能除"三去"者，皆有大福。唐姚元崇《口箴》："惟静惟默，澄神之极；去甚去泰，居物之外"。这方面最好的榜样是毛泽东。1976年北京地震，他老人家走出大院只带书稿一卷，并说，其他都不是我的。最大的反面教材是清代和珅，有云"和珅跌倒，嘉庆吃饱"。

七、运用"三当"之智

《老子》第十一章指出：三十辐共一毂，当其无，有车之用。埏埴以为器，当其无，有器之用。凿户牖以为室，当其无，有室之用。故有之以为利，无之以为用。

此章告诉我们，三十根辐条汇集到一个车毂上，有了车毂的中空，才能具有车的作用；把粘土放进模具中做成器皿，有了中空，方才有器皿之作用；开凿门窗建造房室，有了门窗及墙内的中空，才有房屋的作用。所以，实体的"有"带来了便利，空虚的"无"发挥了作用。

"三当"之智，是充满智慧的"辩证论"。这一智慧首先来自现实生活细节的抽绎。上述三个事例，都是"当"中空，以实体的"有"可以获得实利，虚空的"无"起到作用，最后加以抽绎升华为"有"、无的哲学智慧。吕惠卿注：非有则无，无以至其用；非无则有，有以施其利。此可谓精辟。其次，表达了世界生存法则之玄妙。有与无，实在是一个非常有意义的价值问题。从宇宙来看，科学家认为，宇宙发源于无，从无诞生；从数学来看，"0"就是无，其余数字就是有；从物理来看，真空是无，其余是有；从佛教界来讲，色不异空，空不异色，色即是空，空即是色。世界之妙，唯此"有无"生成繁荣。再次，有之以为利，无之以为用,这一有无哲学概念,启迪和成就了无数的科学家和艺术家,当今最有辉煌成就的计算机,即以0、1为基。王羲之有"实处就法,虚处藏神"之说。"古人草书,空白少而神远,空白多而神秘"。古今云"章法第一",则实为"运实为虚,实处俱灵,以虚为实,断处俱虚。"毛泽东曾讲,谦虚使人进步,骄傲使人落后,就是此"三当"原理的典范运用。因此奉劝切记:"有中保防,巩固;无中生有,创新"。

八、守护"三不"玄德

《老子》第五十一章指出:道生之,德畜之,物形之,势成之。是以万物莫不尊道而贵德。道之尊,德之贵,夫莫之命而常自然。故道生之,德畜之,长之育之,成之孰之,养之覆之。生而不有,为而不恃,长而不宰,是谓玄德。

此章告诉我们,道生成万物,德养育万物,用不同形态区别万物,在各种环境中成就万物。因此,万物没有不尊崇道而珍贵德的。道受到尊崇,德受到尊贵,是因为道和德没有对万物发号施令而永远顺应自然。所以,道化生万物,德养育万物,使万物成长发育,使万物结果成熟,给万物抚育保护。生长万物而不占有,抚育万物而不自恃,长养万物而不主宰,这就是幽深玄妙之德。

"三不玄德",是古今中外成功人士的"秘诀论"。玄德,其大无外,深不可测之德也。做人,做贤人,做圣人要向其看齐。万物生、畜、长、育、成、孰、养、覆,都自然而然地进行着,虽产生万物,但不占有;虽辅助之为,但不恃有功;虽长万物,而不去主宰。结合人生感慨,不论做任何工作,都应有不留恋,不贪功,功成身退之境界。顺之,则无忧。反之,则有祸。王弼有注:有德而不知其主也,出乎幽冥,是以谓之玄德也。古今中外的大量事例证明,凡贪婪居功者,不会有好结果。识时务者为俊杰,既要敢于激流勇进,更要善于急流勇退。天下没有救世主,居功自傲有灾祸。

九、弘扬"三宝"精神

《老子》第六十七章指出：天下皆谓我"道"大，似不肖。夫唯大，故似不肖。若肖，久矣其细也夫！我有三宝，持而保之：一曰慈，二曰俭，三曰不敢为天下先。慈故能勇；俭故能广；不敢为天下先，故能成器长。今舍慈且勇；舍俭且广；舍后且先；死矣！夫慈，以战则胜，以守则固。天将救之，以慈卫之。

此章告诉我们，天下人能说"我道"伟大，不像任何具体事物的样子。正因为它伟大，所以才不像任何具体的事物。如果它像任何一个具体的事物，那么"道"也就显得很渺小了。我有三件法宝执守而且保全它：第一件叫作慈爱；第二件叫作俭啬；第三件是不敢居于天下人的前面。有了这柔慈，所以能勇武；有了俭啬，所以能大方；不敢居于天下人之先，所以能成为万物的首长。现在丢弃了柔慈而追求勇武；丢弃了啬俭而追求大方；舍弃退让而求争先，结果是走向死亡。慈爱，用来征战，就能够胜利，用来守卫就能巩固。天要援助谁，就用柔慈来保护他。

"三宝"精神，是人生辉煌吉祥和健康长寿的"保障论"。慈，即仁爱。仁爱可以传递，可以反馈，可以回报，是保护自己的最好屏障。"俭"，即节约也，不敢放侈之意。凡俭啬者则绝不放纵。其标志是节俭生活，节俭物资，节俭精力。要既不浪费食物，更不浪费身心。不敢为天下先，即不敢居于天下人之先。木秀于林，风必摧之；堆出于岸，流必湍之；行高于人，众必非之。慈，则能勇，爱祖国，爱领袖之士兵，将会英勇不屈。俭，则能广。欲广，则先俭，能俭，则能广。欲富，则俭，能俭，则富。长寿，则节欲；节欲，方长寿。不敢为天下先，故能成器长。"器"，器物、万物，也指人。不敢为天下之先，方可为万物之君长。王弼注："唯后外其身，为物所归，然后乃能立，成器为天下利，为物之长也"。奚侗注："不敢为天下先者，以身后民，退然无所争，而物自宾服"，故成"器长"。"三宝"精神，圣人、凡人都应坚守之。守则，能兴，不守，则祸。清朝廉吏于成龙不愧为老子的良徒。

十、追求"三无"境界

《老子》第六十三章指出：为无为，事无事，味无味。大小多少。报怨以德。图难于其易，为大于其细；天下难事，必作于易；天下大事，必作于细。是以圣人终不为大，故能成其大。夫轻诺必寡信，多易必多难。是以圣人犹难之，故终无难矣。

此章告诉我们，以无为的态度去有所作为，以不滋事的方法去处理事物，以恬淡无味当作有味。大生于小，多起于少。处理问题要从容易的地方入手，实现远大要从细微的地方入手。天下的难事，一定从简易的地方做起；天下的大事，一定从微细的部分开端。因此，有"道"的圣人始终不贪图大贡献，所以才能做成大事。那些轻易发出诺言的，必定很少能够兑现的，把事情看得太容易，势必遭受很多困难。因此，有道的圣人总是看重困难，所以就终于没有困难了。

"三无境界"，是成就事业做人做事的"顶峰论"。为无为，事无事，味无味，其实就是做无为之为，办无事之事，体味无味之味。"为无为"就是以"无为"为"为"，把无为当作自己所为。这不是没有作为，而是不要勉强有为、强行有为，是顺应客观规律去为，从而无为而治，无为而无不为。"事无事"，去做"无事"，就是以"无事"为事，把无事当作自己的所事，也就是不要没事找事、无事生非、惹事折腾。"味无味"，去体味"无味"，就是以"无味"为"味"，把无味当作自己所要体味的。无为、无事，都是一种恬淡、无味的状况。老子所说的"道"，也是无味的，如"道之出口，淡乎其无味"。"味无味"，从"无味"中体味、品味其中的"滋味"和"美味"。这种处世处事的"三无"，是处世、治理的至高境界。王弼注：以无为为居，以不严为教，以恬淡为味，治之极也。此"三无"境界，难学，难达，让我们共勉，尽力为之啊！

注：此文为《道德经》演讲稿，首次在明德读书会讲解。

第四章 演讲篇

运用质量管理点原理办好政工信息

(1992年4月12日)

质量管理点原理，是全面质量管理中的重要组成部分。它是在实践中逐步形成的一种科学技法，是在一定条件下对需要重点控制的质量特性、关键部位、薄弱环节以及影响因素等采取特殊强化管理的有效手段。其根本目的是使管理点能占有的工序或工作过程处于良好控制状态，进而使产品达到规定的质量标准。质量管理点原理，对于政工信息工作具有明显的适用性。

政工信息工作，是直接为各级党委和党委领导同志服务的。其质量高低，既是衡量信息工作部门工作水平的重要尺度，亦是反映信息为领导决策服务层次和水平的重要标准。可见，提高信息质量是信息工作部门的中心环节。但是，经验表明，提高信息质量是一个涉及多方面、多层次的系统工程。大系统中的子系统以及系统中的每一环节都对提高信息质量起着重要的作用。影响信息质量，既有工作制度、激励机制的问题，也有信息网络和传递手段的原因，还有内容选择和工作队伍等因素。可以说既有宏观的，又有微观的；既有"硬件"的，又有"软件"的。显而易见，质量管理点原理的引入，对把握和解决信息质量中的主要矛盾可以提供一种有效的控制方式。

那么，在实践过程中政工信息工作到底应在哪些环节和部位设质量管理点，设立多少？根据质量管理中"关键的少数，次要的多数"的原则和在工作实践中的探索，我们认为提高信息质量从根本上来讲应设立三个"长期型"的质量管理点：

一、在信息内容的把握上建立管理点，重点解决针对性不强的问题，努力实现信息的宏观价值，充分发挥信息的参谋作用

政工信息的质量，首先在于有针对性，"适销对路"，能够为党委和党委领导决策进行有效的服务。同任何信息都一样，一旦失去了针对性，也就失去了有用性。实践证明，突出信息的针对性，实现信息的宏观价值，既是信息工作提高质量的主攻方向，也是评定信息质量的客观标准。因此，把质量管理点设立在对这方面的把握上是十分必要的。

实现对这一管理点的有效控制，其基本的途径主要有三条：

第一，明确服务对象，区分层次性。这是增强信息针对性，提高信息质量的前提。"一般粗""一齐报"，是信息工作的大忌。去年以来，我们加强了对服务对象的研究区分，起到了较为理想的效果。现在从路局到分局，都能根据不同服务对象的要求，编发有针对性的信息，都分设了普发性和专报性信息的载体。路局层面尤其注重了流量流向的控制。在局内，属于对下指导的信息一般不送领导；属于涉及个别部门的信息，不发给其他部门；属于只送有关领导参阅的信息不扩大范围。上报铁道部和北京市委、工业工委的信息，按照不同的需求区别对待。尤其对北京市委的专报中，注重了政治敏感期的倾向性问题，与北京市经济建设、人民生活关系密切的铁路运输情况，重大突发事件；铁路治安状况，铁路内部一些重大政策的出台、调整，需要向市委反映或需市委解决的问题等6个方面信息的报送。去年，我们共编发信息519期，其中上报下发340条，占65%；单向或双向专报的179条，占35%。专报的比重不断加大，较好地体现了政工信息对不同对象的服务功能。

第二，把握全局动态，注重综合性。领导决策，首先要"胸中有全局"。信息工作为决策服务，必须给领导提供纵观全局的信息。增强针对性，实质上就是提高信息的有用性；而注重信息的综合性，则是在更高层次上提高信息的有用性。因此，近年来路局、分局尤其重视了对综合性信

息的开发和编发，使过去"只见树木，不见森林"的状况有了根本的改观。1991年，局党办收到信息单位的综合信息占到新报送信息的32%；局编发上报的综合信息占到报发信息的40%。综合信息从分类上看，有全局性的综合，如《当前干部职工对深化改革的几种心态》；有部门（局部性）综合，如《石家新分局综合治理取得显著成效》；还有专题性综合，如《部分干部职工对粮油涨价的反映》。为了使综合信息真正能开拓思维、启发思维、丰富思想，在编发中我们注意了三点：① 反映典型经验的信息，要有推广价值，有普遍的指导意义；② 反映工作思维的信息，要有借鉴功能，能给各级领导以启示；③ 反映重要问题的信息，要有宏观把握，不能以偏概全。这样，报送的信息才能客观、有用，才能为领导决策起到参谋作用。

第三，围绕"重点""热点"，提高适用性。这是保证信息"适销对路"的重要方面。紧紧围绕党委的重点工作和职工的思想"热点"开发信息，是提高政工信息质量的一条基本经验。只要坚持这样做，信息工作就能迈上新的台阶。为了提高信息的适用性，我们在采编信息中着重注意了以下几点：一是围绕上级党组织和局党委的重大决策、重要部署，采编反馈信息。每当中央和铁道部作出重大决策，我们一定及时收集动态反映性信息；每当局党委召开大型会议作出重大决策时，我们就利用信息渠道，对各单位贯彻落实情况及时反馈。二是抓住职工队伍中带有倾向性的重要情况、重要动态和热点、难点、敏感点问题，及时反馈信息。这一类问题关系大局，领导十分关注，要注意抓住不放及时、准确地报送。三是围绕新思维、新经验及时收集报送。改革的时代，是经验和英雄辈出的时代，我们注重发现各单位和广大党员中的闪光点。局党办报送的《保定站实行党员挂牌服务》《北京分局建立党风监报员制度》等信息，曾得到局党委和上级的重视，在较大范围进行了推广。四是坚持实事求是，报送逆向性信息。这类信息从1991年的统计看，到了信息总数的8%左右。

二、在信息工作队伍的培训提高上建立管理点，重点解决"不适应"的问题，努力提高各级信息工作者的政治业务素质，充分调动信息员搞好信息工作的热情和积极性

信息质量的提高，很大程度上取决于信息工作人员的自身素质。没有工作人员素质的高质量，要保证信息工作的高质量，那必然是一种不切实际的空谈。实践证明，信息员队伍整体水平飞跃进步之时，就是信息质量提高之日。因此，在推进信息质量提高的总进程当中，一定要把对信息工作队伍的培训提高作为质量管理点予以重点强化。

近年来，随着党的建设和思想政治工作的加强，伴随深化企业改革的步伐加快、力度加大，信息工作所承担的任务越来越重，各级党委和各级领导同志对报收信息工作的要求也越来越高。政工信息要适应形势的需要，从根本上解决针对性不强、综合性不好、及时性不够的问题，发挥好服务功能，出路只有一条，这就是强化培训提高和建立有效的正面激励机制。俗话说"磨刀不误砍柴工"，抓住了提高队伍素质这个环节，就是为提高信息质量奠定基础，也就是抓住了提高信息质量的关键所在。

从我们北京局党委系统信息工作所走过的历程看，充分说明了抓这一质量管理点是十分必要和有效的。以前，基层上报的信息，"大路货"多，一般的多，现在这种状况得到了明显改善。去年，各单位党办及信息点报送信息1671条，采用率达到31.1%；局党办报送北京市委、铁道部的信息采用率分别达到24.4%和40.6%。政工信息之所以取得好成绩，原因之一得益于培训和激励。

为了抓好这一管理点，把政工信息的工作人员建设成为一支政治上可靠、思想上敏锐、业务上熟练、作风上过硬的队伍，近两年来突出强化了对各级信息员的政治业务培训。主要方法有四种：一是办脱产培训班。一般为分局党办主办，聘请"专家"讲课，每期一周左右。二是刊授培训。局、分局两班党办编发了《信息员之声》专刊，刊登信息工作的经验等文

章，供信息员参阅学习。三是讲评教育。我们把全年信息分为言论性、动态性、经验性等七类，进行选编讲评，然后装订成册，使大家从现实中受到教育。四是以会代训。每年局党办举办一至两次信息工作会议，总结部署工作，交流介绍经验。1990年至1991年的两年中，路局、分局两级仅脱产培训信息员达1937人，占到应培训人员的93%，从而使全局政工信息工作人员的整体素质有了进一步提高。与此同时，强化了对信息队伍的正面激励。路局、分局、站段坚持了对信息工作的年度评比奖励。路局党办在1990年和1991年的两年中，共表彰奖励了5个信息调研先进单位、53名优秀信息员和112条好信息。今年，又进一步完善了信息工作的考核评比办法，在全局政工系统开展了"信息工作达标创优"活动，规定各信息点和信息员确保数量，可得基本分；提高质量，可增附加分；保质保量，可上达标分。然后在此基础上创优争先。这样，增强了信息员搞好信息工作的荣誉感和责任感，充分发挥了积极性和主动性。

三、在信息的输送传递上建立质量管理点，重点解决及时性差的问题，切实加强信息的网络建设，努力实现信息的高速运转

信息的时效性，是有关信息质量的重要因素。领导者能否对错综复杂、不断变化的客观情况作出迅速反应，并适时作出决策，很重要的一点是掌握信息的及时性。信息一经形成，提供的时间越短，其价值就越大，而时间的延误，会使信息的价值衰减以至消失，这是显而易见的道理。把质量管理点建立在突出信息的及时性上，这是提高信息质量的又一有效方法。

事实表明，造成信息时效性差的主要原因有四条：一是缺乏敏锐性，认识不了其重要性；二是缺乏责任心，没有争分夺秒；三是网络不畅，推拖延误；四是传递手法落后，不能适应。解决好这些问题，是这个管理点的基本任务。根据我们近年来的工作实践，提高信息的及时性应从三方面入手：

第一，发挥网络作用。信息网络的高速运转，是搞好信息工作的重要基础。网络反应快，才能信息质量高。网络不畅，信息传递必然受阻。所以，近两年来，我们下功夫强化了网络建设。现在局党办已经建立起了"一个中心、三个分支系统"的信息网络。中心即以局党办为中心，负责全局政工信息的收集、加工、编发和传递。三个系统是：纵向系统，即路局、分局、站段三级党办，是信息的"主渠道"；横向系统，即党委各部室、纪委办、政法办、工会和团委，是信息的主要来源地；平行系统，即局办、有关行政处室，是经济信息、动态信息的重要来源地。目前，全局政工信息的网点已达到24个，路局、分局两级专兼职信息员已有744人，在信息网络功能作用的发挥越来越好。

第二，提高信息工作人员的信息灵敏度。这是提高信息及时性的内在原因。信息人员的信息灵敏度高应表现为敏感、敏锐、敏捷。敏感，是指在捕捉信息上保持兴奋状态，不能"疲软"，要能对各种信息作出迅速反应。敏锐，是指迅速、准确地判别信息价值，发现有用信息。敏捷，是指对信息处理和反馈及时高效。为了使信息员具备上述素质和能力，除加强培训教育外，还应积极为他们创造条件。要做到重要文件让他们看，重要会议让他们听。同时还不断强化对信息人员的制度和规范约束。最近两年，路局、分局两级党办系统普遍制定了《党委系统信息工作细则》，对信息的范围、收集、处理、审鉴、传递、储存、保密等都做出了明确规定，对信息员工作提出了明确要求。各级信息员注意增强了主动意识，都能按照要求做到大事不漏报、急事不迟报、按标不少报（每月不少于10条）。《大同地区部分职工因分配住房不满出现闹事苗头》《太原工程处大集体职工准备集体到京上访》等信息，都是信息员及时报送，引起领导重视后及时妥善解决的。

第三，强化传输手段。这是信息得以及时高效的物质基础。一般来讲，有了传输手段的现代化，就会有信息的高速化。两年来，各级党委切实加强了对传输手段的现代化建设。目前，全局的主要信息点基本上配齐了传真机、复印机等办公设备。现在，政工信息能够实现及时运转，可以说是强化现代化信息传递手段的一种必然结果。

综上所述，在政工信息工作中推行质量管理点的方法，理论上是可行的，实践中是有效的。我们要在现有的基础上，把这一技法的推行进一步深化下去，更加地完善起来。

注：此文为参加全国铁路政工信息研讨会的发言稿。

上海房地产业
面临的形势及发展前景之我见

(1996年3月2日)

　　上海房地产业这几年高速发展，随着政策调整和市场变化，目前进入了盘整和稳定的阶段。如何看待目前上海房地产业的形势并推测其发展趋势呢？笔者的看法是：开发成就显著，经营困难增多，发展前景光明。

一、房地产业的发展取得了显著成就

　　改革开放以来，特别是1990年党中央宣布开发开放浦东以来，上海房地产业得到迅猛发展，取得了显著的成就。其标志是：

　　1. 投资额迅速增长。1991年全市房地产投资为7.5亿元，1992年为12.4亿元，比1991年增长65.3%；1993年为87亿元，比1992年增长6.02倍；1994年为117亿元，比1993年增长34%；1995年投资206.33亿元，比1994年增长76.4%。从1991年到1995年，五年内房地产投资增加27.5倍。

　　2. 土地批租面积扩大。从1988年8月虹桥开发区批租第一块土地后，至1991年底，全市共批租土地12幅；1992年批租201幅，面积2010公顷；1993年批租251幅，面积4967.7公顷；1994年批租445幅，面积1305公顷；1995年批租258幅，面积640.3公顷。五年中，累计批租土地1167幅，批租地块面积约8923公顷。

　　3. 开发公司发展迅速。从1988年首家房地产公司成立到1991年的四年时间中，全市共成立房地产公司93家；到1994年底，全市共有房地产公司2081家，是1991年以前成立房地产公司22.4倍。到1995年5月底，累计成立房地产公司2240家。

4. 建设品位日益提高。全市1988年有高层建筑209幢，到1994年底达到了1304幢，是1988年的6.2倍。建筑高度由1988年的最高78米发展到165米，提高了一倍多。正在建设的浦东"金茂大厦"高88层，420.5米，很有气势。拟在陆家嘴兴建95层，高460米的"上海环球金融大厦"，是当今世界上最高建筑之一，计划于2001年建成。建筑造型由单一的塔式造型发展为"板式""锯式""圆形""弧形""U"型等，出现了一大批具有现代气息和民族风格的高层建筑。

二、房地产业目前的经营环境较为艰难

上海房地产业在连续几年的迅猛发展中，也伴随出现一些潜在的矛盾和问题。特别是从1993年下半年国家宏观调控措施出台后，在连续两年不断强化力度的情况下，这些问题日益显露，给房地产经营者带来了许多困难。主要是：

1. 发展规模受到严格控制。为遏制通货膨胀，中央国务院再度将房地产开发投资纳入固定资产投资的控制范围。全国房地产投资控制数1995年比1994年实际完成额减少5.4%。而且规定不再审批新的高档别墅、楼、堂、馆、所项目。

2. 开发成本居高不下。目前，土地、建材、设备、人工、销售费用，以及配套费用均大幅度上升。仅住宅建设配套费一项，就由1993年95元/平方米上升到现在的370元/平方米，《土地增值税细则》的出台，也增加了建设单位的开发成本。

3. 房地产企业融资困难加大。为了执行财政信贷的适度紧缩政策，银行提高了贷款利率，并严格控制对房地产开发投资贷款，从而增加了房地产企业融资的成本和难度。同时，调整了部分外资的税收优惠政策，过去

投入的高档商住、别墅因外资购买减缓而供大于求，导致沉淀资金一时难以重新周转。

4. 市场竞争更加激烈。目前房地产市场已从卖方市场转为买方市场。为回笼资金，开发商不得不花费更多的精力与财力投入"广告战"和"销售战"，投资风险也随之增加。

三、房地产业的发展具有光明的前景

上海房地产业在迅猛发展基础上，受宏观调控的影响而出现经营困难局面是暂时，也是正常的。它符合事物螺旋式上升的规律。经过适度的消化盘整，上海房地产业必然出现新一轮高潮。用发展的眼光看问题，其前景是光明的。

1. 上海城市性质和规模，决定了对房地产业的长期需求和超前发展。党的十四大明确提出："尽快把上海建成国际经济、金融、贸易中心之一"。这是我国改革开放，建立社会主义市场经济体制的需要。从当今世界已形成的国际经济、贸易、金融中心看，其形成的过程无一不是依托于区域经济发展、优越的地理环境和优惠政策，以及创造三个运营中心的软硬环境而发展起来的。上海软环境的创造需要依靠党中央、国务院给予的优惠政策和自身的努力，而硬环境的建设，房地产业是一个国家经济发展的支柱产业之一。

2. 上海经济以及长江三角洲经济的繁荣昌盛，形成对上海房地产业的强劲拉动。90年代以来，上海国民经济持续、快速、健康发展，经济运行质量进一步提高。1992年至1995年的四年中，全市国内生产总值的增长速度连续达到14%以上，比80年代平均增长水平高出近1倍，比全国同期平均增长水平高出3个百分点左右。1995年全市国内生产总值达到2462.7亿元，人均国内生产总值超过18000元，地方财政收入227.3亿元。同时，产业结构调整取得重大进展。"八五"期间，"三、二、一"产业方针得到全面实施，以金融、商贸、交通、通信等为重点的第三产业发展迅速，占国内生产总值的比重由"七五"期末的30.8%，提高到目前的40.1%。总之，上海及腹地长江三角洲地区以占全国13%的国民生产总值而居前列。这一地区城市化、工业化水平较高，已基本形成以上海为中心的城市网络和门类多样的工业体系，城市综合效益明显高于全国平均水平。根据国民经济增长同房地产业增长相关的理论，可以断定，上海经济增长对上海房地产业的需求拉动在长时期内将是稳定增长的。

3. 外资、内资大量涌入上海，为上海房地产业发展提供了较好的资金基础。党中央国务院宣布开发浦东、振兴上海以来，国内外投资者纷纷看好上海市场，争相涉足抢滩。整个"八五"期间，外商直接投资协议金额314亿美元，实际利用外资151亿美元，有200多家跨国公司和154家外资金融机构及代表处进驻上海。上海与全国各地经济合作和交流更加密切，国内企业在上海已达13000多家，设立驻沪办事机构630多家。

4. 房地产业有效需求的巨大潜力，为上海房地产业发展提供了广阔市场。目前，上海市普通商品房需求的潜力十分明显。按上海市城建规划，房地产业在国民经济中的比重将从现在的3.5%上升到2000年的7%。市政府提出到20世纪末上海人均居住面积达到10平方米，成套率为70%。截止到1994年底，上海城镇居民人均居住面积为7.5平方米，成套率只有44.5%，所以对解决市民居住困难的普通商品房的需求量仍然很大。估计到2000年，上海还要兴建住宅面积5500—6000万平方米，资金总投入1000亿元以上。

办公用房仍有相当的市场。据对900家外资企业调查表明，有70%在沪找不到满意的办公用房；40%—50%只能采用临时过渡的办法；20%暂缓开设机构。按每家公司需100平方米办公用房计算，估计今后两年中需求总量在90—120万平方米。另外，据统计，外省市在沪注册企业和办事处约需配备办公用房近120万平方米。旧城改造任务艰巨。上海要建成国际性大都市，除了开发新区外，必然要加强对浦西老城区的改造。因此，中心区域将有大量房地产要置换，实现土地资源的优化配置。随之而产生的企业、居民的动迁任务必然相当繁重，为上海房地产业稳定发展提供了良机。

综上所述,改革开放后,特别是党中央宣布开发开放浦东以来,上海房地产业取得的显著成就是有目共睹的。尽管也不可避免地存在一些新情况新问题,但我们仍然可以充满信心地展望,上海房地产业具有光明的发展前景,是大有可为的。

注:此文是在上海市房地局召开企业座谈会上的发言稿。之后此文发表在《上海房地产市场报告》1996年第18期、《京铁企业管理》1996年第3期。

企业家与企业文化

(2003年7月3日)

企业家，是以企业经营管理为主要职责，对企业的生产性活动和交易性活动进行综合协调并作出决策，具有持续开拓与创新精神并肩负着企业责任、行业责任与社会责任的特定群体。中外各国经济发展的历史证明，企业家群体，是21世纪各国经济发展的重要依托，是现代企业的灵魂，更是国家经济发展的栋梁。企业竞争说到底是人才的竞争，企业家作为企业人力资源的组织者，自己本身就是一种稀缺的人才。谁拥有高素质的、具有创新意识的企业家群体，谁就会在国际经济竞争大舞台上立于不败之地。从某种意义上说，企业家是现代经济社会的必然产物，他不仅是一种经济现象，而且是一种文化现象，属于阶级社会中的一个特殊阶层。他们拥有一整套独特的心态、思维和价值观念，也就是用这种"超经济"的东西对我们今天经济活动产生深刻的影响。他们不仅担负着企业生产经营活动等各项管理职能，而且还要负责或参与对各类非经理人员的选择、使用和培训工作，致力于各种资源的最优组合，最终促进经济、社会的全面发展。

企业文化，是企业在从事经济活动的过程中形成的组织文化，是在一定的环境下，企业在发展过程中逐渐形成的观念形态和价值体系的总和，包括价值观、管理风格、工作作风、行为规范等。它不是指知识修养，而是指人们对知识的认知态度；不是利润，而是对利润的心理体验；不是人际关系，而是人际关系所体现的处世为人的哲学。企业文化是一种渗透在企业的一切活动之中的东西，它是企业的美德所在，它所包含的价值观念、行为准则等意识形态和物质形态均为该组织成员所共同认可。杰出而成功的企业都有强有力的企业文化，即为全体员工共同遵守，并有各种各样用来宣传、强化这些价值观念的仪式和习俗。在两个其他条件都相差无几的企业中，由于其文化的强弱，对企业发展所产生的结果就完全不同。企业文化是一种内在的、隐形的、本质的力量，尽管它最终表现为一种公开的行为模式。优良的企业文化往往是公司经营管理、市场营销、资本运作等一切的基础，也是决定企业凝聚力的重要因素。

企业文化，是企业这一特定群体的价值观的集中体现，在这些特定的群体中，企业家是他们的领袖人物。所以从一定意义上来说，企业文化就是企业家文化，是企业经营者文化，是企业领导人文化。没有优秀企业家就不可能创造优秀的企业文化。如海尔的张瑞敏，格力的董明珠，松下的松下幸之助，通用电气的杰克·韦尔奇。他们的价值观和性格特征决定着企业精神和企业形象的个性。他们的社会名望和社会影响力往往是某种企业文化向社会的辐射。他们是企业文化的核心任务或企业文化的人格化，是企业文化建设的灵魂，是企业文化的动力源泉，其作用在于作为一种活的样板，给企业中其他员工提供可供仿效的榜样，对企业文化的形成和强化起着极为重要的作用。

企业家通过设计者—实施者—推动者三位一体的角色来实现企业文化的构建。

一、企业家是企业文化的设计者

企业家的经历、知识和品质等要素成为企业文化生成的基因，决定着企业文化的性质和风格，并制约和导向着企业文化的个性和发展。一个企业有什么样的企业家，就有什么样的企业文化。在企业的创建初期，企业家深知肩负塑造、设计企业文化责任的重大，为了便于管理，减少信用成本，形成有效的凝聚力，他们从本企业的特点出发，以自己的企业哲学、理想、价值观以及生活经历，总是先提出一些构想，后经不断提炼、积淀和升华的文化信念，使之成为这一企业文化的原始胚胎。然后在企业的发展过程中,企业创建者会借其权力因素和非权力因素的作用得以加倍的强化,逐渐被广大员工所认同、遵守、发展和完善,最后内化为全体员工的共同信念。

"神舟"电脑公司企业文化的形成具有典范的意义。"神舟"电脑被誉为电脑行业的黑马,他从2001年第一台电脑下线用了仅仅三年的时间,其销售额已跻身全国前五强。这么快的发展速度,势必会造成管理等诸多方面的问题,设计、创建一个适合本企业特征的企业文化迫在眉睫。"神舟"电脑公司的董事长吴海军曾经是一个农村教书的知识分子,深受中国传统文化的熏陶,提出了"诚、信、仁、义"作为公司企业文化的核心,并专门成立企业文化规划小组征集有关设计方案资料。广泛听取职工的意见和建议,下达方案大纲,由职工大会讨论,经认真修改后正式公布,将这种精神变成职工自觉遵循的行动。实践证明,企业家设计企业文化时,是一种创造,不是简单地盲目照搬别人的经验和成果,而是借助他人的成功经验,制定一套适合本企业的新文化。

二、企业家是企业文化的实施者

企业家完成企业文化的设计,只是建设企业文化的第一步,大量的艰苦工作在于规划方案的落实。在企业文化实施、控制的动态过程中,企业家又扮演了定位、控制、变革等举足轻重的角色,从而成为某一企业文化动态模型中第一位的活跃因素。任何企业文化的具体实施都是由企业家来推动完成的。企业员工作为一个整体处于主体地位,企业家是企业文化建设过程中当然的第一主体,这是由企业家在企业中的地位和作用所决定的。企业家的这种实际上的领袖地位也决定了个人意志、个人道德等因素在企业中易于得到员工的广泛认同和传播,并形成自觉的追随。企业文化的设计方案必须使员工理解与支持,在落实企业文化的规划方案中企业家可以采用生动或严肃的方式做好文化的宣传工作,根本方法是引导,使员工不仅成为文化的接受者,更重要的是也能自觉地成为文化的宣传者,这样企业文化的宣传方案才能深入人心。

台湾的明基电通公司是数码类产品的佼佼者，它提出的企业文化的核心是"追求卓越、关怀社会"。为落实企业文化的设计方案，公司通过舆论宣传、海报散发、多媒体教学，形象实体展示等多方面来宣传，并且经常性地组织一些产品展示活动和社会公益活动，使员工参与其中，切身感受其文化的精髓，"寓教于乐"使企业文化的实施收到了事半功倍的效果。落实企业文化方案的过程，是一个全面的长期的动态过程，原先确定的目标、方针、措施会因为企业部门之间，员工之间的不同观念、不同利益、不同作风而产生矛盾，对此企业家必须审时度势，公平、公正，运用"求同存异"的原则，正确处理矛盾，及时作出调整，以使方案顺利落实。

那么，企业家应当如何实践呢？应集中体现在以下几点：

第一，制作企业歌曲（作词、作曲），为企业设计企业形象VCD片，建立有关企业文化的网站，出版企业文化书籍。

第二，在实践过程中需请一位在企业文化方面内行的专家当顾问，企业不是独立的，让社会上一切积极力量为我所用，并且由企业的领导人亲自去抓，抱着"成败在此一举"的决心，大力推广优秀企业在文化建设方面的成果、经验。

第三，建立民主决策和民主对话机制，定期或不定期组织企业文化论坛，发表演讲，可对企业各时期的重大经营决策等问题发表感想、见解、议论，建立工作日志检查制度，每周要将自己所写的工作日志上交上级翻阅，且作出批复，以沟通情况，提高办事效率。

三、企业家是企业文化的推动者

企业文化的设计与实施是企业文化建设的基本过程，企业家还必须起到企业文化的推动作用，促使企业文化进一步发展，适应企业发展的客观需要。考虑一个企业的生命力，既要看其发展的现实性，又要看其发展的可能性。同样，检验一种企业文化优劣的标准，除了看其是否适应企业的现实发展之外，还要看其发展的可推动性和可持续性，这就是为什么有些企业昙花一现，而有些企业则历经几代，经久不衰的原因。企业通过设计、实施企业文化方案而形成了一种成熟的文化，但成熟的企业文化也往往容易成为一定发展时期的"文化僵局"，这种僵局将成为企业对内对外适应性的强大阻碍。企业家能否冲破这种阻碍，实现质的飞跃，将是具有革命意义的一步。这对企业家的洞察力、情感态度都是严峻考验。从这一意义上说，企业文化的生命力取决于企业家的推动能力。

企业家推动企业文化的发展，应把重点放在以下三个方面：

一是定期对企业文化成果进行考核。企业文化成果可以从员工的素质包括文化、技能、创造性等和厂风厂貌的改造，包括经营风格、企业形象等方面来体现。首先是对所有员工的考核，包括对技术知识、企业文化知识的要点、工作态度的考核。其次是下属对领导的考核，对领导的方案质量和指挥业绩的考核，同时也包括对领导作风、方法的考核。最后是下属之间的考核，在自我考评的基础上，相互间对工作态度、行为方式的考核，以交流经验为主，有助于拓宽思路，深入理解企业文化的内涵。

二是对考核结果进行讲评。一方面了解企业文化在创建初的成功与不足，有利于更科学地制定新的规划和方案，使企业文化建设进入健康的循环之中。另一方面通过考核，掌握下属企业文化建设过程中的成功与贡献，为各种奖励提供事实依据。同时考核工作的实践周期要定得合理，过长不利于及时总结，过短不利于实施过程的展开。要克服"为考核而考核"的形式主义，使考核能促使文化建设上一个新的台阶。

三是重点放在树立典型。企业文化具有一定的抽象性，企业家在推动企业文化建设时，必须通过一种方法，使无形的概念形态转化为可看可摸的具体形态，这就是树立"典型"的方法，即推出"模范人物"。模范人物是指员工公认的思想品德高尚，工作成绩显著，享有威信，在企业的经营管理过程中形成并活跃于职工生活的领域，对职工的思想、行为起着调节、影响、简化、统一的功能的企业人员。他们自身的号召力、感染力、渗透力对推动优秀的企业文化，培养职工共同的价值观念，形成平等互助的友爱气氛，起着极大的促进作用。

现代企业管理的实践证明,企业最终成功与否,取决于企业家在企业文化建设上的成效。有远见卓识的企业家,一定会将企业文化建设作为其发展的"生命线"。只有企业家真正充当好企业文化的设计者、实施者和推动者,企业文化才会朝气蓬勃,企业才会长盛不衰。

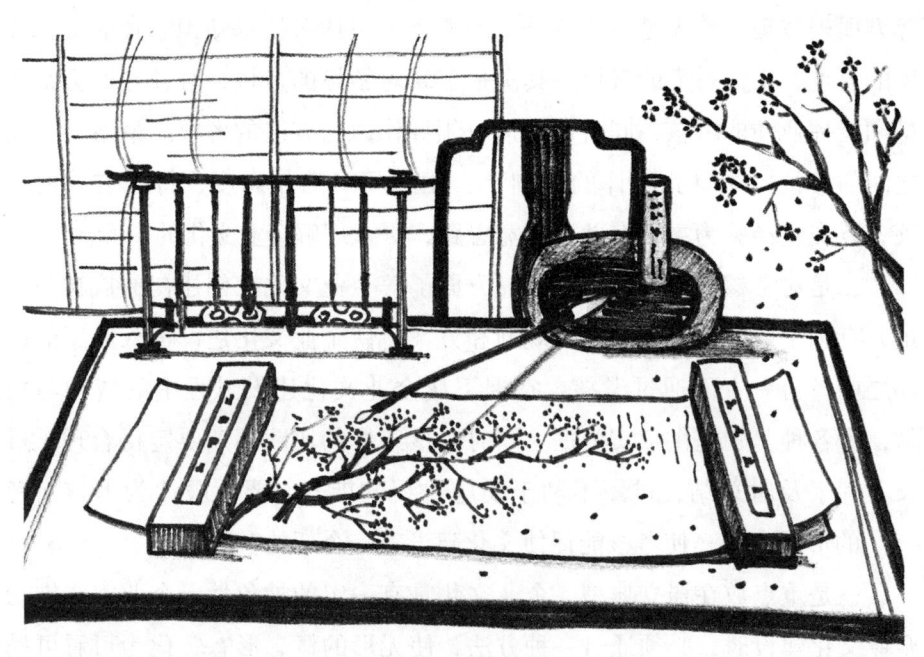

注:此文作于2003年,为企业文化建设讲课稿。

传承晋商文化　共创沪上伟业

（2004年11月20日）

尊敬的各位会员：

现在，我受山西省驻沪企业协会筹备委员会和筹委会主任石文杰先生的委托，向大会作协会筹备工作的报告，请予以审议。

一、协会的成立，是大家共鸣的心声

浦东新区开发开放以来，尤其是近年来，山西在沪企业是越来越多，在沪工作人员逐年增加。每年的相聚，大家都感慨万千，赞誉浙江、福建商会的红火和发展，共同期盼组建我们自己的上海晋商会。在今年元月十日唐晋人家同乡的欢聚中，这种希望终于变成了积极筹备的行动。我们从切身的体会中感受到：在上海组建协会或晋商会，具有重要的历史和现实意义。首先，是传承晋商文化的需要。明清时期，山西商人从盐业起步，发展到棉布、粮油、茶叶、酒醋、金融等各个行业都雄踞一方，名扬天下。晋商诚信为本，以义制利，纵横欧亚九千里，称雄商场五百年。晋商曾经辉煌过，在我们这一代，有责任有义务积极传承，再度辉煌。其次，是开拓互助的需要。据不完全统计，山西在沪企业有近千家，来沪工作的各界人士更多，建立我们自己的协会，有利于大家优势互补、互惠互利、互助发展。再次，是增进乡情，友情的需要。古语说得好，"墙头过酒闻乡语，花下移床梦故乡"。有协会这个平台和载体，大家的联系和联络更多，会员之间除了商务合作和联络之外，更能增加我们互相的友情、乡情和商情。

二、协会的成立，是大家共同努力的结果

今年元月10日的同乡会欢聚后，筹备委员会立即展开筹备工作。原定上海晋商会，由于政策原因，改为了山西驻沪企业协会。待协会运转一个时期后，我们还将要更名为上海晋商会。在整个筹备过程中，得到了上海市有关部门和在座各位的大力支持。筹备期间，筹委会召开了六次会议，秘书处多次专题研究，筹委会领导与部分会员进行了多次的商榷。筹委会在办理相关批文的同时，积极主动与会员进行了联系，发展了首批会员、拟定了理事、常务理事的名单，积极主动且富有成效的筹备了这次会议。此时此刻，我们要衷心感谢山西省政府沪办主任曹美玲同志的大力支持，成立协会报告当天就得以批复；我们要衷心感谢上海市人民政府协作办公室、上海市民政局、上海市社会团体管理局对协会的成立给予了积极支持和及时批复；我们要衷心感谢文通集团公司李刚董事长，无偿为我们提供了办公场所；我们要衷心感谢协会筹委会全体同志和在座各位的关心、支持和帮助。协会的成立，是上海市有关部门大力支持的结果，是大家同心同德、团结协作的结果，是筹备委员会全体同志辛勤工作的结果。

三、协会的成立，是大家共创辉煌的舞台

成立协会，不易；办好协会，更不易。协会的吸引力和影响力，要靠在座各位的"浇灌"和支持。但更重要的是，协会要遵循"传承晋商文化，竭诚为会员服务"的宗旨，把协会办成真正的会员之家。协会在组织会员之间的互动交流的同时，要把工作的重心放在对会员五个方面的服务上。

第一，维护权益服务。协会已与上海市沪北律师事务所签约，沪北律

师事务所作为协会的法律顾问单位，该所副主任柴小雪担任法律顾问。双方商定在协会共同成立"山西省驻沪企业协会维护权益部"。该部为会员提供优质优惠的法律代理服务，并对会员的电话及来访咨询实行免费服务。

第二，信息传递服务。协会成立后，首先要创办一份《当代晋商》的季刊，年底就出一期。同时，及时给会员邮送《简报》或《月报》。让会员及时了解协会工作动态以及山西省、上海市相关的重要资讯。

第三，培训教育服务。协会每年将组织形势报告会，邀请上海市、山西省领导或社会学者、知名人士进行形势和学术报告。同时，尽量创造条件，组织会员参加多种形式的培训学习。

第四，商务考察服务。协会力争协助有关部门每年在上海召开一至二次招商会，推广山西项目或产品；同时组织上海单位组团到山西进行项目考察，开展商务活动。协会将每年组织部分会员回山西"故乡行"，进行商务考察；每年还将组织部分会员到国内其他省进行协会间的互相交流学习和考察。通过商务活动，在促进交流的同时积极进行经营创收，使协会能够健康运转起来，发展下去。

第五，会员联谊服务。协会是会员自己的组织，是联动发展的舞台。因此，要组织丰富多彩的自愿参加的活动，以活动协会气氛，增进会员友谊，开展商务活动，促进联合发展，提高经营水平。协会将按照《章程》要求，及时召开程序性的会议。同时，每年组织会员开展联谊活动，开展帮困救助。此外，还要因地制宜开展一些有纪念意义的活动。

各位领导，各位会员：今天是我们山西省驻沪企业协会成立大喜的日子，是一个美好的时刻！我代表协会筹备委员会，祝愿大家身体健康，事业辉煌！祝愿协会继往开来，永放光辉！

注：2004年11月20日，山西省驻沪企业协会在上海国际会议中心举行成立庆典时所作演讲。在此次会议上，被推选为山西省驻沪企业协会（后改为上海晋商会）常务副会长。

蓝天下的挚爱

（2005年12月8日）

尊敬的钱学中先生，尊敬的各位领导、各位来宾：

大家好！

今天，我们在晋商会会员单位东丽轩大酒店举办蓝天下的挚爱——上海市慈善基金会物资管理中心"越力纸业工作站"揭牌暨捐赠仪式，十分高兴！请允许我代表上海晋商会、代表石文杰会长，向这次揭牌和捐赠仪式的举办致以热烈的祝贺！向钱学中先生和各位领导、各位来宾的光临表示衷心的感谢！

最近几日，天寒地冻，但我们的心却是如此的激动。其实，这是蓝天下挚爱的热浪在升腾。正是，高天滚滚寒流急，大地微微暖气吹；欲问此风何处生，蓝天挚爱捐赠来。我们对上海市慈善基金会的工作，对积极参加慈善事业的越力公司，对参与慈善事业的每一个单位、每一个人表示崇高的敬意！

越力公司的总经理张润勤先生是我们当代晋商的优秀代表，在公司发展到一定阶段的时候，积极投入慈善事业的行列，应该给予充分的肯定和积极的评价。我们要学习张润勤先生吃苦耐劳的奋斗精神，仁义诚信的做人准则，把握市场的经营能力，奉献社会的宽广胸怀。希望张润勤先生百尺高杆，更进一步！在公司经营和"工作站"的工作中取得更好的成绩。祝越力纸业越办越好，祝"工作站"蒸蒸日上，祝张润勤先生如意吉祥！

我们上海晋商会于2004年11月正式成立。一年多来，在上海市有关领导、有关部门的大力支持下，经过商会会员的共同努力，得到了明显的发展。目前，商会有单位会员92个，个人会员93个，单位会员在沪注册资本 16.3 亿元。一年来，我们把组织会员积极捐赠、回报社会作为工作的一部分，给予了积极推进。继 8 月份会员单位——上海晋韵集团公司向山西捐建两座希望小学，今天又协助越力公司举办此次捐赠揭牌。今后，我们要组织更多的会员投入到慈善事业中来，要对越力浦东工作站给予积极的协助和支持，以实际行动为上海市和山西省的慈善事业做出积极的贡献。

在《上海艺术家工作室》首发式暨上海艺术家工作室作品展开幕式上的祝词

(2005年12月11日)

尊敬的叶觉林先生，尊敬的各位艺术家，尊敬的各位来宾：

在《上海艺术家工作室》首发式暨上海艺术家工作室作品展开幕式隆重举行的时刻，请允许我代表上海晋商会，代表山西省驻沪企业协会，代表石文杰会长表示热烈的祝贺！

中外历史的实践证明，艺术家也是人类灵魂的工程师，更是人类生活的美化师。艺术家在我们心中具有崇高的地位，每每从心底发出钦佩之情。当今中国举世瞩目，当今上海日新月异。在上海这片当今中国的热土，为各位艺术家发展提供了千载难逢的历史机遇。衷心地祝愿各位艺术家，艺术之树常青，在上海的发展硕果累累！

经验还告诉我们：艺术家需要企业家，企业家也需要艺术家。相互依存，方才万能！我们要充分发挥商会的职能，动员和组织更多的企业家积极地参与和支持艺术事业的发展，为繁荣中华民族以至世界的文化事业做出积极贡献！

谢谢各位！祝大家身体健康，事业兴旺！

塔缘相连　共创伟业
为把龙山文化园建设成为塞上明珠而努力奋斗

——在应县佛学研究会理事会上的工作报告

（2005 年 12 月 17 日）

尊敬的慧礼法师，尊敬的吕日周主席，尊敬的各位同仁：

现在，我向各位作筹备工作的报告，请审议，请指正！

一、项目合作的背景和进程

应县，是山西省雁北的农业大县，佛宫寺曾经是闻名中外的佛教圣地，木塔是中华民族文化遗产的瑰宝。我们在座的各位，能够走到一起，在应县开辟一场伟大的事业，既是塔缘的力量，又是真诚的果实。大家一起工作的实践完全证明了这一点。应县木塔易地重建，是吕日周主席在应县调研时与侯新生书记商谈中提出的构想。今年 5 月 15 日，吕主席来到上海，为我们晋商会会员作"政府创造环境，企业家创造财富"的演讲时，重点宣示了这一构想，并且语重心长地希望商会会员积极参与。对此，我们铭记在心。2005 年 9 月 16 日中午，经毕辉、王明同志介绍我有幸认识了慧礼法师，且共进午餐。慧礼法师在非洲从事伟大的佛教传承事业，给我以极大的震撼！我十分钦佩慧礼法师。当时，就木塔易地重建的构想进行了重点介绍，得到慧礼法师的肯定，达成了初步合作意向。2005 年 10 月 14 日，我专程从沪到晋，与吕主席的秘书沈晓峰同志到应县与侯新生书记、张美蓉主席进行了交流商谈，得到了积极的承诺和大力的支持。

2005年11月7、8、9日，以慧礼法师为团长的代表团一行六人对应县实地考察，受到了应县县委、县政府、县大人、县政协领导的热情而隆重的接待。双方达成了广泛的共识，签订了《会议纪要》，确定了应县无偿供1000亩山地（以县政府批准规划为准），由慧礼法师牵头投资建设"龙山文化园"。至此项目合作取得了重要成果。2005年11月25日，我第三次到应县，会同侯新生书记、张美蓉主席等政府部门领导，就落实双方"11·8"《纪要》精神，进行了紧张工作，推动了佛学研究会工作的正常展开。

二、项目推进的现状和构想

在慧礼法师的正确领导下，依靠应县县委、县政府、县政协和侯书记、王县长、张主席等各位领导的大力支持，应县佛学研究会的前期工作有了实质性的推进，项目筹划也在紧张进行中。其主要标志是：

第一，应县佛学研究会业已正式登记成立。经应县县委统战部（2005）4号文件批复，经应县民政局注册登记，研究会正式取得了社团法人的资质，相应的研究会就成为"龙山文化园"的建设单位。研究会注册100万元人民币，由溧阳圆通闻教志业有限公司投资80万元，上海通用金属结构工程总公司和山西梨花春酿酒集团有限公司各投入10万元，以及研究会领导等共同发起成立。对于社会团体登记、验资等相关事宜待这次大会后将加快予以办理（补办）。

第二，领导机构也已确定。目前，已聘请吕日周先生和邓在军女士担任名誉会长。会长由慧礼法师担任。常务副会长由胡岱平担任。其他副会长、秘书长、副秘书长等刚才业已表决通过。这个班子，是很有凝聚力，很有影响力，很有战斗力的集体，是项目取得胜利的根本保证。

第三，办公条件业已解决。应县人民政府在办公条件紧张的情况下，专门在政府大楼226房间供研究会议办公室，并备齐了办公桌椅和电话、电脑，并借调经贸局宫月琴同志任秘书。这为研究会工作的顺利开展，创造了很好的条件。

第四，市民待遇已经办理。应县人民政府为体现对这次合作重视和对大家的感谢，授予慧礼法师、王明、刘瑞雪、朱若兰、毕辉、唐雪萍、胡岱平等七位同志为应县名誉市民。这为大家在山西、在应县开展工作提供了很好的舞台。

第五，建设理念逐步形成。在项目前期工作中将以"龙首山文化园"项目履行报表手续，项目分解将由应县人民政府根据权限分批、分项审批实施。从项目的功能定位上看，将由佛宫寺、佛学院和宾馆三部分组成，这些项目拟在进行一定阶段时再分别履行报批手续；从项目推进时间上看，拟采取如下步骤：首先，报批文化园项目整体规划；其次，修建"大钟"、山门、围墙；再次，分批修建宾馆、寺院和佛学院。

第六，相关工作正在积极展开。整体规划正在加紧进行，力争2006年一季度办理完毕；"龙首山"拟改名为"龙山"，目前正在办理地名变更手续；土地办理、基地坟墓搬迁、镇子梁乡马玉江书记已专门召开会议，确定了解决的原则和方案；大钟筹划方案业已完毕，待大家讨论决定。

三、项目发展的前景展望

应县"龙山文化园"的建设，将是一件造福当代、利及子孙的大事，也将是一件载入山西以及中华民族史册的大事，还将是一件见证中华民族和平统一与世界文化发展的大事，具有极其重要的历史意义和现实意义。在未来的历史文化长河中，它将发挥三大功能：第一，弘扬佛教文化的功能。佛宫寺鼎盛时期，僧人400多人。佛宫寺重建后，将以崭新面貌迎来八方信徒。再加上佛学院和当地佛教弟子众多的影响，佛宫寺将再次迎来新的鼎盛期。第二，提高旅游品质的功能。具有佛教饮食文化的三星级宾馆建成后，对山西以及华北地区的游客具有明显的吸引力。再加上应县地处山西北部佛教旅游中心位置，交通便捷，设施完备，将在山西以及全国的旅游资源中产生极大影响。第三，推动当地发展的功能。"龙山文化园"建成后，将会吸纳当地大量的劳动力，并促进相关产业的加快发展，对于繁荣当地文化事业和吸纳经济的发展将产生积极而深远的拉动作用。

　　各位同仁：此时此刻，我们应从心底里真诚感谢慧礼法师，对应县这片热土和伟大佛教事业的热爱和投入；感谢吕日周先生、邓在军老师担任名誉会长，对项目的关注和重视；感谢吕日周先生对木塔的关心、宣传和创意；感谢侯新生书记等应县各位领导具有的远见卓识和对项目的风险把握；感谢各位同仁的团结、理解和支持。塔缘连接了我们，事业凝聚了我们，友情见证了我们。让我们紧密地团结起来，在慧礼法师的领导下，经过在座各位的辛勤工作，把"龙山文化园"建设这一伟大的事业推向前进并尽快展示在世人的面前！

道德经——人生修炼的灯塔

(2010年10月17日)

学习《道德经》，收获很大，收益颇丰，深感飞翔于明净之境。我对这短短五千言，敬佩至极。《道德经》，涵盖治国、治军、做事、做人的多个领域，是中华民族的伟大之作、智慧之作和经典之作，是世界智慧宝库中的瑰宝。学习此道，开慧明智；把握此道，闲庭信步。《道德经》是人生升华的加油站，是人生升华的助推剂，是人生升华的大灯塔。

姚淦铭老师在绪论中讲解了人生成功之道，引导我们注重人生升华。第一，一个人生，一维性，珍惜生命；第二，两大主题，成功和幸福；第三，三度空间，事业（生命之船）、生活（海）和灵魂（天）；第四，四字秘诀，龙飞凤舞（能屈能伸、能潜能翔、知时之鸟、百鸟从之）；第五，五觉境界，觉醒、觉悟、自觉、他觉、直觉。聆听此讲，心旷神怡。再读《道德经》，又有以下新感悟：

一、精彩一个人生

人生具有一维性、传承性的特点。其一维性，是指不可重复，不可复制；其传承性，是指代代相传。因为，人来到这个世界上，尤其对于成功人士，要感恩苍天，感恩父母，感恩命运。要热爱人生，不抱怨；要珍惜人生，不浪费；要快乐人生，不忧愁；要享受人生，不虚度；要创造人生，不满足；要辉煌人生，不言止。精彩人生，首数中国残联主席——张海迪，身残志坚，是逆境中发展进步的典范，我们都应该向她学习。

二、突出两大主题

为自己创造美好生活，为社会贡献才智力量，这应该是人生的两大主题，也是人生的伟大意义和生存之目标所在。为自己创造美好生活是人性之本能，动力之源泉；同样为社会贡献力量，亦是多少仁人志士和英雄豪杰追求的目标。为自己发展，也是为社会贡献，为社会贡献亦是为自己发展。正是"圣人不积，既以为人，己愈有；既以与人，己愈多"。人应该有伟大的志向，为社会的进步发展贡献力量，这样方可立足于世。保尔的名言应牢记心头：人最宝贵的是生命，生命每个人只有一次。人的一生应该这样度过：回首往事，他不会因为虚度年华而悔恨，也不会因为卑鄙庸俗而羞愧。临终之时，他能够说："我的整个生命和全部精力，都献给了世界上最壮丽的事业——为解放全人类而斗争。"

三、把握三度空间

从宏观上看，三度空间为：太空、海洋和大地。要求我们在天俯地，观景翱翔；在海畅游，蛟龙出海；在地实干，拼搏耕耘。从微观上看，三度空间为：家庭、单位和社会。人在太空和大海的时限是极其短暂的，绝大部分是在家庭、单位和社会的三度空间。因此，在家庭要做好户主、好成员；在单位要做好领导、好员工；在社会要做好朋友、好公民。此三度空间和三种角色不可合并替代，把握得好，就能享受到生活的乐处和真谛；而一旦把握不好，轻则犯错，重则犯罪。单位是领导，不可在社会上施威；家庭是户主，不可向单位和社会索取。此种案例触目惊心，应引以为戒。

四、强化四块基石

雄辩的事实证明，健康、事业、朋友、财富是人生的四大基石。这四块基石，可以互为条件，互为因果。健康为第一石，这是事业、朋友和财富的根本所在，没有健康就没有一切，没有健康就会失去一切。事业为第二石，这是一个人施展才华的舞台，也是精彩人生的标志，更是健康、朋友和财富的基础和保障。朋友为第三石，这是财富的一种表述，也是精神世界的支柱，正是朋友多了路好走，朋友多了心情好。财富是第四石，这是健康、朋友和事业的源泉，是精彩人生的物质保证。《水浒传》中柴大官人朋友多，为什么？靠财富。

五、追求五觉境界

五觉境界应该是自觉、他觉、直觉、学觉、修觉。自觉，即自己觉悟，自己觉醒。早觉悟、早成功，晚觉悟、晚成功，不觉悟、不成功。他觉，即善于学习榜样的经验，注意吸取他人的教训。拜师访友，读书周游是他觉的好办法；直觉，即相信自己的第六感，相信机缘的力量；学觉，即努力学习并开智明理；修觉，即修炼自己。

六、坚守六大法宝

第一，处世哲学——处无为之事。

这是伟大的辩证智慧和处人处事的最高境界。关于"无为"，《道德经》中多次出现，比如圣人处无为之事（2章），为无为（3章），无为而无不为（48章）等等。老子的无为，并不是什么事都不做的无为，也不是违背规律、事理的妄为，而是顺应自然，自然而然地去有所为。无为合道，因为道是无为而无不为的；无为合德，因为德也是无为而无不为的。胡锦涛同志提出"不动摇、不懈怠、不折腾"就是这一智慧运用的典范。

第二，实用哲学——持"反弱动用"。

老子在4章中指出，"反者道之动，弱者道之用"，这是《道德经》之核心秘诀。"反"是指道的运动规律，也是构成一切事物内涵的驱动力，还是一切事物所作出运动的趋向。这就要求我们养成正的先从反思考，反的先从正思考，正反思考的习惯，这样方能出奇制胜。同时，老子深刻揭示了"弱者道之用"的深刻内涵和巨大作用。老子多次强调"柔弱胜刚强（36章）"，"天下之至柔，驰骋天下之至坚（43章）"。"上善若水"（8章）等等。事实证明，柔与弱是生命力新成与旺盛的象征，而刚强则是生命力已经衰微与没落的象征。因此，柔弱者，道之所常用，故能长久。柔弱同通，不可穷尽。坚持"反弱"，终身受益。

第三，做人哲学——用三宝智慧。

老子在67章指出，"我有三宝，持而保之：一曰慈，二曰俭，三曰不敢为天下先。慈，故能勇；俭，故能广；不敢为天下先，故能成器长。"真精彩，真潇洒！慈——即爱，爱可以传递，可以反馈，可以回报，可以保护自己。爱人，也就是爱己。俭，即节俭、勤俭。要防止身体过度耗费，对此要"吝啬"。要坚守不浪费的原则，因为多费必多损，甚爱必大费。不敢为天下先，即不违时、违规、违势强行出头。木秀于林，风必摧之；堆出于岸，流必湍之；行高于人，众必非之。此人生吉祥三宝，是保护自己、辉煌人生的最好屏障。

第四，管理哲学——学"若烹小鲜"。

老子在第60章中指出，"治大国若烹小鲜"。这一治国的七字诀同样适用于任何组织的管理，也是治国治企的最高境界。将管理比作烹煎，古今第一大智慧。它既是"战略上重视，战术上藐视"的同理运用，也是艺术化、生活化的经典之作。治大国，是难事，烹小鲜是易事，加若字连接，有了玄妙的转换生成，呈现出了更妙的管理大智慧。烹小鲜要"不扰"，治国、治企亦如此；烹小鲜要程式相连，治国、治企亦不能燥乱；

烹小鲜要动静相宜，治国、治企也要在有为无为间找到平衡。

第五，和谐哲学——尊道法自然。

老子说："人法地，地法天，天法道，道法自然。"这是现实和谐的理论之基，是落实科学发展观的必由之路。人法地，人不违地，乃得全安；地法天，地不违天，乃得全载；天法道，天不违道，乃得全覆；道法自然，自然而然，乃得共性。人是法地，但也法天、法道、法自然；地是法天，法自然；天是法道，也法自然。道法自然，要求我们不得违时、违势、违道，而是要顺时、顺势、顺道。

第六，养生哲学——唯知足之足。

老子关于"知足"智慧，堪称养心之大智，养生之大法。老子在46章中指出："故知之足，常足矣"。知足的那种满足，是长久的满足。在第33章中又指出："知足者富"。在44章也讲"知足不辱，知止不殆，可以长久"。后人根据老子的这一思想，衍生出诸如知足常足、知足常乐、知足不殆、知足无求、知足知止等成语流传于世，受益于千万之众。祸莫大于不知足，咎莫大于欲得，是从反向论证了知足之真理。摄身、养生、重在养心，知足是养心的不二法宝，知足为人生第一财富，让我们为之、持之并发扬光大。

注：此文为《道德经》演讲稿。

在"联合国和平小使者公益展演活动启动仪式"上的致辞

(2013年4月20日)

尊敬的各位领导、各位来宾,女士们、先生们:

大家下午好!

小荷初露日,柳色犹新时。在这春光明媚、万物复苏的美好季节,在全国上下深入开展学习中共中央总书记习近平关于中国和平发展以及实现中国梦讲话精神的热烈氛围中,我们在此启动联合国和平小使者公益展演活动暨百变米奇开心之旅。首先,我代表活动执委会,向出席今天启动仪式的各位领导、来宾表示热烈的欢迎和诚挚的感谢!

"联合国和平小使者"公益展演活动是2010年国际文化和睦年以及"世博小使者"活动的延续与发展。早在2004年启动的"世博小使者"系列评选活动吸引了近300万名少儿参与,不仅为广大少年儿童提供了一个积极参与、展示才华的舞台,同时也为海内外少年儿童架起了一座友谊的桥梁,其影响力覆盖大中华地区乃至全球。2015年,世博小使者的代表还将赴意大利出席米兰世博会。

"联合国和平小使者"公益展演活动围绕"七彩阳光秀"才艺系列展演项目视频海选出10000名"中国和平小使者",网上推选结合专家评审晋级出1000名"世界和平小使者",总展演PK出100名"联合国和平小使者"。通过广大和平小使者"走进城市"和"走出国门"等十大系列活动,展现家庭和睦、社会和谐、生活和美、世界和平的主题,充分发挥和平小使者的民间外交和"草根外交"的作用,向世界广泛深入宣传中国和平发展的战略理念,为维护世界和平、促进共同发展做出贡献。

和平与发展是当今时代的主题。谋求和平进步、共建和谐社会是我们中华民族不懈的追求和美好的愿望,也是建设社会主义小康社会的应有之义,更是我们当前开展"联合国和平小使者"公益展演活动的意义和目的所在。大力开展"联合国和平小使者"公益展演活动,就是要使我们广大少年儿童不忘历史、热爱生活,更加珍惜今天的大好时光和美好年华,努力学习科学文化知识,成为社会主义建设的有用人才。就是要让和平和谐理念深入人心,让更多的人参与到创建和平和谐社会的活动中来,真切感受今天和平安定生活来之不易,倍加珍惜改革开放所取得的巨大成果,以极大的热情为社会的建设发展做出自己应有的贡献。就是要向世界宣告中国和平崛起、包容发展的理念,广泛深入宣传我国坚持走和平发展道路的战略思想,表明中国与周边国家是荣辱与共的共同体,中国的和平崛起会给世界带来各种"和平红利"。

艺术是追求和平的有力武器,每个艺术表演者无论他的文化、语言、种族背景如何不同,他们都可以运用自己的创造力鼓舞人们的心灵和思想,能推动可持续和平,让和平成为普遍认可的社会运动。只有可持续和平才能可持续发展。广大少年儿童通过声乐、舞蹈、器乐、表演、书画、技艺、口语等多种多样的艺术形式表达对和平的热爱,从艺术的视角来体现中国人民对和平的追求,表明和平是我们中华民族永恒不变不断追求的理想,也希望通过对和平的不懈努追求和努力,共建和谐世界,促进全球的可持续发展。

我相信,有过去近十年举办世博小使者等大型少儿活动所奠定的坚实基础和积累的宝贵经验,有社会各界的关爱与支持,有更多有识之士的出谋划策和热情参与,"联合国和平小使者"公益展演活动一定会取得扎扎实实的效果,使得和平之树常青、和谐之花常开。

注:时任"联合国和平小使者"公益展演活动执委会副主席。

上海中辰泰投资（集团）有限公司成立五周年答谢酒会

(2015 年 12 月 26 日)

尊敬的各位领导、各位嘉宾，女士们、先生们、朋友们，大家晚上好！

今晚高朋满座，欢歌笑语。我们欢聚一堂，以答谢酒会的方式共同庆祝我们中辰泰公司成立五周年。我谨代表中辰泰集团暨全体同仁对各位的光临，表示热烈的欢迎和衷心的感谢！

昨日"圣诞"皆喜乐，今天又逢欢庆日。今天是我们中辰泰五周年生日，更是中国人民的伟大领袖毛泽东主席 122 周年的诞辰。让我们既庆祝中辰泰的五岁生日，更要怀着敬重和虔诚的心，缅怀和铭记毛泽东主席及老一辈无产阶级革命家的丰功伟绩，沿着习近平主席提出的"中国梦"的宏伟目标，奋勇前进！

岁月真无垠，弹指一挥间。五年前的今天，我和刘过成先生作为创始人，创办成立了上海中辰泰投资有限公司。2014 年 3 月重组整合为上海中辰泰投资（集团）有限公司，亦称上海中辰泰投资集团。在集团公司重组的过程中，陆续又有多位志同道合的新股东加盟，从而优化了股权结构，壮大了公司资本，提升了发展的空间，展示了光明的未来。

激情的岁月，难忘的历程。五年中，我们既有胜利的喜悦，也有奋斗的艰辛。在企业文化的建设上，我们注重凝聚共同的价值观，确立了"以义制利，以严治企，以德兴业"的经营宗旨；弘扬了"忠厚、机敏、勤奋"的企业精神；描绘了"积极回报社会，大力回报股东，真诚回报职工"的发展愿景。在企业经营的过程中，我们注重投资的稳健性，将股权投资作为基本方略，不跟风，不冒险。五年来公司投资了江苏中辰电缆公司等八家企业（江苏中辰电缆有限公司、上海镁泰实业有限公司、上海中垚科技有限公司、龙台酒业（上海）有限公司、上海中尧文化发展有限公司、上海久庆文化发展有限公司、北京恒泰方舟文化有限公司、上海圣怀润滑科技有限公司）。2015年集团企业年产值将达到20亿元以上，利税1亿元以上，同时合作收藏了很多很有价值的艺术品。在履行企业的社会责任中，我们积极参与积极奉献。集团公司成立后，健全了党、工、团组织，开展了相应的各种活动。今年还成立了上海师范大学原校长杨德广先生创办的阳光助学慈善基金会中辰泰分会，开展了慈善助学。

总结五年来的创业及发展历程，感恩之情油然而生。首先要感恩伟大的时代，让我们有了奋斗和创业平台；其次要感恩在座的各位，让我们有了友谊和互助的情怀；再次要感恩团队的同仁，让我们有了共荣和发展的本领。今天答谢酒会，就是要用香醇的美酒感谢各位五年来对中辰泰的关心支持和帮助。

现在，请公司董事长刘过成先生致欢迎词！

接下来，请各位企业家代表致辞讲话。

1. 有请中辰泰投资集团所投资企业的代表、江苏中辰电缆有限公司董事长杜南平先生讲话（著名企业家，多次荣获政府和协会授予的荣誉称号，曾陪同温家宝总理出国访问）。

2. 有请山西籍上海企业家代表、上海文通集团董事长赵月圆先生讲话（文通集团山西在沪著名企业，是具有60年经营历史的企业）。

3. 有请沪上友好企业家代表、上海愉辉纺织品公司董事长张玉辉先生讲话（上海明德读书会会长，清华继教学院上海同学会副会长）。

接下来，请各位艺术家代表致辞讲话。

1. 有请王德水先生讲话。（王德水，现为湖南大学岳麓书画研究院院长，湖南大学特聘教授，东南亚艺术交流协会会长，中华合符文化发展建设基金会主席）。

2. 有请易人先生讲话。（易人，赵朴初弟子，古文献学硕士，著名书画家、诗人、篆刻家；现为中国书法家协会会员，海南海风堂书画院院长，图南阁书画院院长，海南师范大学特聘教授）。

3. 有请周森先生讲话。(周森,著名书画家、慈善家,中华左手反书第一人,中国三峡画院院长,英国皇家艺术研究院院士、终身教授)。

接下来,有请艺术家赠送艺术品。(周森、易人、王德水、祝捷、傅春林、陈君芳)

最后语:真正的危机,不是金融危机,而是道德与信仰的危机。谁的福报越多,谁的能量就越大。与智者为伍,与善者同行,心怀苍生,大爱无疆!我认为,我们所处的时代,是一个伟大的时代,我们今天参会的各位就是正知,正念,正能量的同路人。让我们真诚、真心、真情相处,互帮、互助、互惠发展,为昌盛聚财,为梦想搏击,取得新发展,实现新辉煌。

现在,请各位举起酒杯,为纪念毛泽东主席诞辰122周年,为庆贺中辰泰的生日,为在座各位的身体健康,全家幸福,为我们的友谊、合作和共赢,开怀畅饮。干杯!干杯!干杯!

注:2015年12月26日,上海中辰泰投资集团在上海市静安区恒丰路洲际大酒店举行"五周年庆典酒会",此为大会主持词。

传承中华优秀文化　弘扬龙身蛇形太极

——在龙身蛇形太极迎春联谊会上的致辞

（2017年3月19日）

尊敬的各位领导、各位老师、各位嘉宾、各位拳友：

大家好！在这春意盎然的季节，我们隆重举行2017龙身蛇形太极迎春联谊会，大家欢聚一堂，共同庆贺2016年取得的成果，共同展望2017年的美好前景。让我们对这次大会的举行，致以诚挚的祝贺！对瞿荣良先生开创的龙身蛇形太极事业，表示崇高的敬意和美好的祝福！

中华文化，源远流长。太极萌芽，远古洪荒。太极拳，是中华文化宝库中的一颗璀璨的明珠，是中华传统文化中独具魅力的一朵奇葩。瞿荣良先生创立的龙身蛇形太极拳正是这个行业这个领域的优秀代表，我们应当以满腔的热情来讴歌来赞美！

我们赞美龙身蛇形太极拳，是由于他名称的立意高远，耳目一新。太极拳，流派众多，各具特色，但多以姓氏或地名来命名。唯瞿荣良先生的创立以龙身蛇形予以命名。这既让我们铭记着自己是龙的传人；又让我们看到了龙是中华民族的独有图腾；更有利于我们的操练能够模拟龙蛇之神形。

我们赞美龙身蛇形太极拳，还由于他传承不泥古，创新不忘宗。瞿荣良先生习武几十载，精一家而博学百家之长，他在常式太极拳的基础上，融会贯穿了心意六合拳的元素，最终形成了独树一帜的拳种。这既体现了太极拳传承的深厚功底，又展示了他创新发展的耀眼光芒。

我们赞美龙身蛇形太极拳，也由于他既易学又难精。龙身蛇形太极拳有基本架、柔软架和刚劲架三种形式。其特点为，极柔软，极坚刚，柔至极为刚，既有良好的强身健体功能，同时又具有极强的艺术观赏性及超强的技击性。这是区别其他拳种的显著标志，基本架学好相对容易，全部精练难上加难。

我们赞美龙身蛇形太极拳，更由于他的创立者瞿荣良先生具有很高的思想境界和创新能力。瞿荣良先生既是一位成功的企业家，也是一位健康公益事业的推动家，更是一位坚持精进的武术家。对于推广中国传统武术文化他不遗余力，对于开展各种活动他不惜巨资。他是值得我们敬重的贤士，也是值得我们学习的榜样。

对于龙身蛇形太极拳，我曾写过一首《七律·赞龙身蛇形太极拳》。今天再次与各位分享：龙身蛇形太极拳，欣闻风弥上海滩。公园老幼斜飞势，学府师生亮单鞭。一拳上下风雷动，三架刚柔文武玄。形意太极凝一气，中华养生真源泉。

法不孤起，仗境方生；道不虚行，遇缘即应。我们通过龙身蛇形太极拳相识相知，大家就是有缘人、有情人，就是好友、拳友。让我们紧密地团结在瞿荣良先生的旗帜下，奋发图强，不断精进，为了自己以及为了周围更多人的快乐和健康而努力奋斗！再一次向龙身蛇形太极拳事业、向瞿荣良先生、向各位领导、向各位拳友，送上祝福！祝各位六时吉祥，幸福安康！

第五章　游记篇

江西之行札记

（2002年6月19日）

在党的生日来临之际，我们在公司领导带领下，一行十五人，踏上一片古老而神奇的土地，走进闻名中外的英雄城——江西南昌。同志们满怀激情参观了位于南昌城中的"八一南昌起义纪念馆"，同时到美丽如画的鄱阳湖畔祭拜了长眠于此的原中共中央总书记的耀邦同志之墓，此外还在古城南昌召开了生动活泼的公司经营工作促进会。

江西变化翻天覆地，城市面貌日新月异，焕发出了勃勃生机。"八一南昌起义纪念馆"，雄壮古朴地屹立在市区的繁华地带。大家以崇敬的心情缓缓进入纪念馆，周恩来、贺龙、叶挺、朱德、刘伯承等老一辈无产阶级革命家和先烈们的英雄事迹历历在目。1927年8月1日这个如火如荼的年代，由中国共产党独立领导的第一支革命军队打响了对国民党反动派的第一枪。在这个光荣的日子里，在艰苦环境中，他们大无畏的英雄气概和浴血奋战的革命精神使大家肃然起敬！通过这一次的参观学习，大家受到了再一次的革命英雄主义和革命传统的教育，增添了继承先烈意志，为经济发展积极奉献的事业心和责任感。

江西大地人杰地灵，英雄辈出，环境优美。从南昌前往耀邦陵园，一路上汽车在平坦的高速公路上奔驰，清新气息，随着暖风阵阵吹来，沁人心脾。凭窗眺望，青山苍翠，溪流潺潺，彩蝶飞舞，现代化建筑明珠般点缀在青山碧水之间，令人陶醉。转眼间，我们就来到"共青城"。这里是耀邦总书记安息的地方，也是他曾经工作的地方。一条整洁、蜿蜒、两旁排列松柏的水泥路把我们迎进陵园。陵园宁静地面向鄱阳湖，背倚青山。拾级而上，远远看到白色三角形墓碑在苍松翠柏环抱中显得更加肃穆、庄严。碑文铭刻着他在中国革命和社会主义建设时期,半个多世纪以来为党为人民做出的卓越贡献。"廉洁奉公、无怨无悔"是他人生的光辉写照。我们久久地仰望着他,思绪万千,依依惜别。

　　南昌之行,感受至深。先烈们英容常在,精神永存。我们将继承先烈们的遗志,在市场经济的大潮中,激流勇进,拼搏向前,一定要把金宝公司的各项事业推向崭新的阶段。

东瀛考察漫记

（2002 年 7 月 10 日）

2002 年 6 月 30 日至 7 月 9 日，我随铁路考察团一行 20 人，对日本东京等地及其 JR 东日本铁路株式会社进行了访问考察。这次考察，尽管时间仓促，但行程紧凑，景点很多，收获很大。

6 月 30 日的傍晚，飞机徐徐降落在了东京成田机场。在前往东京新宿三路特大酒店的途中，大略观看了东京的市容市貌。之后则以小分队方式在市区进行了游览。东京作为举世闻名的国际大都市，名不虚传。市内霓虹灯闪烁，人来人往，熙熙攘攘，好一派繁华之景象。新宿火车站，规模之大，人流之急，出口之多，运转之有序，令人耳目一新。马路上车速很快且有序，人群过斑马线有如大海之鱼群一涌前行，红灯则戛然而止。

仙台的访问，是本次考察的第二站。我们先从新宿到东京，然后乘新干线前往仙台。在仙台，我们先后参观了仙台火车站和仙台城，特别是参仰了鲁迅先生纪念碑文，大家表达了敬意之情。当晚从仙台前往"梦幻松岛"入住。松岛系 JR 公司的旅游宾馆，坐落在东海之滨的松林之中。这里环境十分幽雅，气候非常湿润，行走在森林环绕且整洁的小路上，真有仙境之感也。在当今全球气候和生存环境不断恶化，唯日本国弹丸之地，保持了相当高水平的环境保护，值得赞美！

第二天登上游船尽兴欣赏了松岛。在大海上，海鸥成群结队地鸣叫跟随，海天一色，心旷神怡。登船远眺，千奇百怪的海岛屹立在大海之上，将大自然装点得分外妖娆。看，这边是松林层层；望，那边是怪石嶙峋。海水伴着浪花飞舞，海鸥跟随游船巡航。当日虽然阴雨弥漫，但心中仍装着太阳。诚愿祖国强大，尽快超日赶美。

访问考察的重头戏是参观 JR 东日铁公司。7 月 1 日在其 1908 会议室，听取了东日铁国际部和事业创造本部的情况介绍，进行了讲座。同时来到了北京站的友好站——东京站（驿）进行了访问参观，考察了多种经营的项目。7 月 5 日，又来到 JR 公司所属新宿站访问。其间，参观了该站多元经济的经营网点。之后又回到 JR 公司总部进行座谈提问答疑。当晚参加了其举办的别具一格之站立式酒会。大家全部站立（不能入座），以视平等，饭菜简单，自然对饮。接待主人有男有女，白酒、红酒、啤酒一齐上，充满了友谊和欢乐的气氛。主人都很诚恳，来之不拒，酒多轻醉。日本之大公司，接待之简，态度之好，酒量之大，留下了十分深刻之印象。

在日本期间，我们还参观东京电视塔、皇宫和迪斯尼乐园。参观皇宫，爱恨交加。此地自然和人文风光及其风水环境绝佳，人们有的悠哉休闲，有的急急匆匆，但都享受看现代文明之生活。但也不由得浮想联翩，此地是日本军国主义发动二战的指挥部。迪斯尼乐园，建造在东京郊外，建筑和创意堪称世界一流。据说上海将在不远的将来亦予以建造，期望早日建成。

在日本期间，我们还拜访了浅草寺、清水寺和金阁寺等佛教圣地。清水寺，古典庄严，同我中华寺院一脉相承；金阁寺，曲径通幽，其金阁建筑，在阳光的照耀下，金光闪闪，尤其高贵。在浅草寺抽一大吉之签："似玉藏深石，休将故眼看，一朝良匠别，方见宝光寒"。佛光普照，佛法广大。

九天的东瀛之行，紧张而充实。大家谈笑风生，轻松愉快，对日本的现状和发展有了直观而且深入的感受，对 JR 东日铁的管理水平深表赞赏。仅新宿站日收入达 1.3 亿日元，日发列车 2400 列，日发旅客 150 万人次，为世界第一，难能可贵。日本经营规模很大，人们的素质很高，生活居住环境很美，这一切离不开日本人民的勤劳守法和认真的精神，从这种意义上讲，我们应该虚心地学习。

在结束这一次访问参观之际，大脑中浮现了种种的美好回忆和不断的思考。我们生长在新中国，创业在新时代。当今中国的发展方兴未艾，超越日本尽管是比较长的阶段，但最终是能够实现的。日本的先进是人家的，只能欣赏铸志，要以此激发吾与同仁更加强烈的事业心和责任感，把我们自己的事情办好，把经营工作搞上来，以实际行动为中华之崛起，为我国早日超越日本及其他发达国家而努力奋斗！

"七一"山西游记

(2005年7月7日)

2005年6月的最后一天,当飞机缓缓降落在太原机场,我们的山西之旅也拉开了帷幕。第二天一早,我们迎接朝阳,来到了大家盼望已久的平遥古城。平遥具有2700多年建城史,是我国现存最完整的明清古城。经过岁月的洗礼,城内早已陈旧,可依稀透露着往日的繁华。平遥还留存着中国最古老最完整的县衙,但最有名的还是票号。票号即银行之前身,我国的第一家票号"日升昌"就出现在平遥。此时此刻,我们为晋商的曾经辉煌表示十分的敬意。

当日下午,我们一行驱车直奔绵山。绵山属太行山脉,由多座山峰组成,海拔2566.6米,是太岳山向北延伸的一条支脉。绵山,山光水色、文物古迹、佛寺神庙、革命遗址汇集,是山西重点风景名胜区、中国历史文化名山、古老神奇的大道之山。绵山的盘山路路面整洁,自山脚下开始一直沿着山壁盘旋蜿蜒。旅行车一头扎进大山的怀抱,随着山路起伏盘旋。盘山路一侧是壁立千仞的峭壁,一侧是百丈的深渊,路面很窄,只容两车交错而过。旅游车上山途中,绝大多数时间是靠山崖边行驶。向山下远远地望去,土地起伏,沟壑纷然,青禾铺地;涧底散落巨石,有大水曾经流过的样子。蓦然间,山腰胜雾,气韵朦胧,如隔轻纱,仿佛入了仙境,一股神秘的感觉忽然围拢而来。导游讲述的"介子推携母归隐,拒绝封侯,被晋文公放火烧山而羽化成仙"的故事,使得绵山更增添了几分神奇的色彩。

7月2日,我们又来到了被誉为"中国四大历史文化名楼之一"的鹳雀楼。唐代诗人王之涣登楼时曾有感而发写下"白日依山尽,黄河入海流。欲穷千里目，更上一层楼"的名句，每每朗诵，都使人心旷神怡。鹳雀楼是唐代繁荣的标志，是中华民族不屈的象征。它的再度重建，标志着民族的又一次繁荣，祖国的再次腾飞。

最后一日，我们又驱车来到解州关帝庙。关帝庙总占地面积有7.3万平方米之多，为海内外众多关帝庙占地面积之最。该庙宇中轴线北端的主庙，是一个单元甚多而又层层展开的巨大建筑群落，规模宏大，气势非凡，雕梁画栋而又庄严肃穆。身临其境，不能不使人对关公肃然起敬。关帝庙这座历史悠久、气势恢宏的古老庙宇，有着自己的独特的价值和意义。它是中国古代道德文化发展到宋元明清时代的物质化凝结。它作为珍贵的文化遗存，将永远向后人揭示着中国古代道德文化的丰富内涵和重要内容；它是中国传统道德文化在中国封建后期社会发展和重构的历史见证；它用实物和文字的形式，向后人真实而形象地述说着中国古代道德文化的发展与变迁；它也是一面镜子，能够让今世和后世的人们，关注到中国传统道德文化中的精华，并为现在和将来的道德文化发展提供有益的参考和借鉴。

离开关帝庙，我们匆匆踏上回沪的归途。几天的考察，虽然时有细雨相伴，却始终浇不灭大家的热情。悠悠华夏，上下五千年，山西让我们看到了历史的辉煌，也让我们感慨万千，就像登上鹳雀楼，看黄河滔滔，遥想古今内外，欲穷千里目，更上一层楼！

注：此次山西游，系上海晋商会、上海金宝公司以及上海市部分企业家代表组织的一次考察活动。

柳州考察漫记

（2006年5月16日）

五月的柳州，白云缭绕飘动，草木苍翠欲滴。在这美好的初夏之际，国务院各部委、各省市自治区驻沪机构联合会第六、第七小组一行20位"大使"，应柳州市人民政府驻沪联络处的邀请，兴致勃勃地踏上了铺锦叠彩的八桂大地，进行参观考察。

一条奔涌激荡的柳江，穿山凿谷，流至桂中腹地，便呈"九曲回肠"之势，不废万古地滋养着这里的大片沃土。由于它不择细流而集涌万江，方才哺育出柳江这座古老而充满生机的城市。这里不仅有生生不息的柳江之水源源滋养，更有连绵丘陵与挺秀峰峦交错环列。当驱车从机场向驻地——柳州饭店进发之际，再通过柳江大桥之前遥望，整个城市被柳江环绕，那是多么壮观和美丽的画卷！一踏上柳州的土地，我们就情不自禁地爱上了这座美丽的城市。

柳州不仅风景秀丽，而且还是重要的历史名城。柳宗元出任柳州刺史之后，既光耀了柳州这方地域，而且增辉于中国千古文坛，使柳州拥有了一段空前昌盛的文明历史。他拽卷着强劲的先进地区文化之风而来，对于当时柳州这片"蛮瘴之地"，无疑是一种文明的"惠化"。同时又因他的"砥砺奋发"，更在柳州营造了一种前所未有的文化氛围。在参观"柳侯祠"的整个过程中，大家都怀着对先人的崇敬之情，用心聆听，拍照留念，感受着昨天如歌的岁月，享受着今天奋进的喜悦。

柳州不愧为中国西南地区的工业重镇，广西最大的制造业基地。全市已形成以汽车、机械、冶金为支柱，化工、制药、建材、烟草、纺织等产业并存发展的工业体系。"柳工"，全国闻名，一辆辆装载机在阳光的照耀下，宛如闪亮的"黄龙"；"柳钢"，水与火的交融，展示着现代的工业文明；"五菱"，汽车的流水行进，反映了购销两旺的市场繁荣；柳州烟厂，现代、效能、清洁、文明，震撼了我们的心灵；阳和开发区，90平方公里一望无际，建设汽配为主的机械城，展示了柳州人民的豪情和心胸。

柳州有"世界第一天然大盆景"的美称，被誉为"中华石都"。柳州，还是歌仙刘三姐的传歌胜地。柳州的民族风情独具神韵，壮族的歌、瑶族的舞、苗族的节和侗族的楼，堪称"四绝"。三江的程阳风雨桥和鼓楼等民族建筑闻名海内外。对此，大家通过这次参观考察，都有了切身的感受。正是风雨桥上漫步行，民族风情记心中。

柳州考察业已结束，但心情久久不能平静。这次活动收获颇丰，受益匪浅，内心感动。情不自禁地欢呼柳州的美丽和隽秀，衷心地祝愿柳州的明天更加美好！

注：此文于2006年5月同国务院各部委各省市自治区驻沪联合会第六、第七小组赴柳州考察时创作，被联合会秘书处《情况简报》第三期刊登。

千年佛塔　今朝应缘

——山西应县行札记

（2006年12月18日）

二〇〇六年九月四日，是一个值得纪念和庆贺的日子。这一天，沉睡千年的应县龙首山沸腾了！工地上，机器轰鸣，车水马龙，熙熙攘攘，彩旗飞扬。这里正在举行"应县龙首山文化园佛宫寺释迦塔易地重建洒净动工仪式"。各位高僧、各级领导，各方面信徒和群众沉浸在了这一喜庆的时刻。随着德高望重的慧礼法师主持庄重而隆重的洒净仪式，活动达到了高潮。顿时，佛音喧天，鼓乐齐鸣。顷刻，乌云密布的天空，透出了明媚的阳光，云开雾散，一片赞叹！我们心花怒放，永志难忘。千年的缘应，在我们这一代承接，倍感欣慰和荣幸。

"法不孤起，仗境方生；道不虚行，遇缘即应"。世上万事万物，都有其发展的客观规律和态势。认识、顺应、把握，既具有必然性，也存在偶然性。这种必然性和偶然性的结合就是一个"缘"字。这个缘就是人缘、机缘和佛缘，归纳起来，就是神圣的"塔缘"。是"塔缘"把我们连接在一起，是"塔缘"开创了一个新的佛纪。由此，我们从内心由衷地赞美"佛塔"。佛塔——你是无言的说法，是时代的记忆，是艺术的殿堂，是文化的结晶，是传统的光辉，是地理的标志，是旅游的圣地。

事有源，源之缘。雄伟壮丽的应县木塔是中国乃至世界建筑史上的奇迹。它形态高大，结构精巧。虽历经千年的岁月，依旧巍然矗立。真是佛光宝刹、慈光普照，巍巍千古、天下奇观。但自从一九七四年维修中发现佛牙舍利和其余珍宝，至今32年，"知人不识，识人不知"。今佛牙重现应县，佛法应缘出现，应示着佛陀的说法将大行于世道人间，垂示着众生的福缘必然再兴于中华大地。木塔历950年寒来暑往,地震不倒,雷击不烧,战火不毁,已显现出此一不世之因缘。木塔年久,毁坏严重,如何修复重建?曾让多少领导、专家及仁人志士思索研究,但仍未能形成完整之方案。吕日周①先生多次调研,与侯新生②先生共同提出异地重建之构想。但如何建,建哪里,谁来建,良方安在?2005年5月15日,由上海晋商会邀请吕日周先生来沪为会员作"政府创建环境,企业创造财富"的演讲中,吕主席重点宣讲了上述构想,殷切地希望在沪的商会领导和会员为家乡做贡献。木塔的期望,领导的厚望,晋商会的使命,激发了我们的激情,鼓舞了我们的斗志。2005年9月16日,经王明③先生,毕辉④女士的介绍,我有幸认识了慧礼法师,且在上海龙通广场共进午餐。慧礼法师在非洲兴建南华寺所从事的佛教传承事业和拳拳效国效佛之心,给了我极大的震撼。当时我真诚地向慧礼法师详细介绍了应县木塔及其易地重建的构想。慧礼法师提出了一些构想性、限制性条件,且托我筹划落实,也表达了重建佛塔的真诚意愿。我带着慧礼法师的深情厚谊,于2005年10月14日同沈晓峰⑤同志来到应县,同侯新生、张美蓉⑥等同志共同商榷,将易地重建选在了龙首山,且带回了应县领导对慧礼法师全力支持的庄严承诺。至此,双方一拍即合,打开了新的一页,迎来了朝霞曙光。真是阳春布德泽,万物生光辉!

  缘有应,应必果。佛慈广大,感应无差。2005年11月7日至9日,我陪同慧礼法师等一行六人(刘聪瑞⑦、王明、毕辉、杨雪萍⑧),冒着严寒,来到塞北高原的山西应县,进行了研究考察。慧礼法师是第二次来到应县,但其虔诚和激动难以言表。苍凉的塞北,前一天还飞沙走石,7日便晴空万里。我们朝拜了佛塔,远眺了龙首山,参观了浑源悬空寺、大同华严寺、云冈石窟以及五台圣境,受到了很大的启示和教育。但最重要的是,更加敬仰了佛牙舍利,把考察推向了高潮。这一次应县之行,应县县委、政府、人大、政协的领导,十分重视,给予了积极和真诚的配合,显示了应县人民重建佛塔的迫切愿望和很高热情,使大家感动。这次考察,双方正式签订了《会议纪要》,确认了正式合作的原则、方针和内容。

  2005年11月24、25日受慧礼法师之托,我又一次来到应县进行了细化、落实，同应县政府签订了《备忘录》。至此，在应县注册了法人社团组织——应县佛学研究会。会长：慧礼法师；常务副会长：胡岱平；副会长：王明、王守林⑨、朱若兰⑩、毕辉、刘聪瑞、张美蓉、赵杰⑪、秦文科⑫；秘书长：王明（兼）。研究会作为建设单位，承担了龙首山文化园、应县木塔异地重建的建设任务。同时，应县人民政府授予了慧礼法师、王明、毕辉、刘聪瑞、朱若兰、汤雪萍、胡岱平等七人为应县名誉市民，并无偿提供1000亩山地作为建设用地以及良好的保证条件。至此，展开了紧张的项目筹划工作。

2005年12月17日在上海龙通广场召开了应县佛学研究会理事会暨应县龙首山文化园建设讨论会。侯新生、周苓⑬、张美蓉、赵杰、马玉江⑭、唐日华⑮等来沪参加。进入2006年以后，我于元月4日、3月18日、9月4日又三次与王明先生陪同慧礼法师到应县展开工作。目前，寓意着喜庆吉祥的中华龙应大钟已铸完成，静静地侍立在木塔的西侧，护佑着项目的顺利进行；龙首山奠基开工业已顺利完成并进入了紧张的建设之中，不就将屹立于龙首山上，在中华大地上谱写新的篇章。

应县"龙首山文化园"的建设，将是一件造福当代、利及子孙的大事，也将是一件载入山西以至中华民族史册的大事。因此，它将具有极其重要的历史意义和现实意义。在未来的历史长河中，它将发挥三大功能：第一，弘扬佛教文化的功能。佛宫寺鼎盛时期，僧人400多人。佛宫寺重建以后，将以崭新的面貌引来八方信徒。再加上佛学院和当地佛家弟子众多的影响，佛宫寺将再次迎来新的鼎盛期。第二，提高旅游品质的功能。具有佛教饮食文化的三星级宾馆建成后，对山西以及华北地区的游客具有明显的吸引力。再加上应县地处山西北部佛教旅游中心位置，交通便捷，设备完备，将在山西以及全国的旅游资源中产生极大影响。第三，推动当地发展的功能。"龙首山文化园"建成后，将会吸纳当地大量的劳动力，并促进当相关产业的加快发展的功能，对于繁荣当地文化事业和促进经济的发展将产生积极而深远的拉动作用。

我十分荣幸地亲历了佛塔异地重建的过程，我从心底里感谢慧礼法师对山西、对应县这片热土和佛教事业的热爱、虔诚和奉献；感谢吕日周先生、邓在军先生担任名誉会长，并对项目的支持和重视；感谢侯新生书记、王守林县长和应县各位领导具有的远见卓识和对项目的大力支持；感谢王明、毕辉等各位同仁的团结、理解和支持。塔缘连接了我们，事业凝聚了我们，友情见证了我们！衷心地祈愿佛塔早日建成，惠泽众生；衷心地祝愿应县佛学研究会取得更大的成就；衷心地祝愿在这一伟大事业中给予支持、做出贡献的各位朋友、各位同仁，身体健康，六时吉祥！

注　释：
①吕日周：山西省政协副主席
②侯新生：山西省应县县委书记
③王　明：上海高科集团文化艺术工程有限公司总经理
④毕　辉：上海通用金属结构工程公司总经理、上海晋商会副会长
⑤沈晓峰：吕日周副主席秘书
⑥张美蓉：山西省应县政协主席
⑦刘聪瑞：上海龙通广场总经理
⑧汤雪萍：上海高科集团文化艺术工程有限公司办公室主任
⑨王守林：山西省应县县长
⑩朱若兰：上海通用金属结构工程总公司董事长
⑪赵　杰：山西省应县县委常委、常务副县长
⑫秦文科：山西梨花春酿酒集团公司总经理
⑬周　苓：北京金蔷薇文化传播有限公司董事长
⑭马玉江：应县镇子梁乡党委书记
⑮唐日华：应县招商局副局长

注：此文完成于 2006 年 9 月，发表在上海晋商会会刊《当代晋商》第二期。

墨尔本游记

（2012 年 5 月 11 日）

2012 年 4 月 9 日至 5 月 10 日，中国春夏之交，澳大利亚秋高气爽之际，我们全家来到澳大利亚的墨尔本市旅游参观。墨尔本市地处南半球之南端，濒临南太平洋，风光秀丽，气候宜人。别墅星罗棋布，环境整洁优美。所到之处，绿树成荫，鸟语花香；人们休闲运动，充满自信乐观。宜人的气候，优美的环境，整洁的城市，欢乐的人群，悠闲的牛羊，给我们留下了美好的记忆。

墨尔本城区高楼林立，车水马龙，好一派大都市的繁忙和繁华。一旦驶出城市，高低起伏的山丘，树木森林和别墅映入眼帘，令人心旷神怡。人们居住以别墅为主，周边服务及其商业配套也都是一至两层的低矮建筑，全都映衬在树木草丛之中。

我们下榻的居民小镇，好像是农村中的"城市"，城市中的"农村"。此真乃：没有田地的农村，和谐安静，绿树成荫，晨暮鸟鸣；没有喧嚣的城镇，道路宽平，交信畅通，市容成景；没有高楼的社区，别墅如星，建筑林中，环保舒心。

墨尔本还是一个宜居之地。首先，别墅多。夕阳西下，平原上的别墅，灯光闪烁，好似繁星。其次，牛羊多。风和日丽之晨，群羊好似蓝天上的白云，闲牛真悠哉，不时发出哞哞的叫声。再次，园林多。田园自然风光和人工园景尽收眼底，好似人间仙境。

墨尔本之行，记忆深刻，难以忘怀。一是教堂最雄伟。教堂顶杆穿插云端，真是美观建筑、美妙音乐、美好环境。二是大海最唯美。穿越"大洋路"，林海景连景，浩瀚大洋，万里白浪，气势磅礴。三是动物最亲美。

人与自然，人与动物友好相处。海鸥司之，袋鼠近之，百鸟鸣之。

环境美，人更美。学友茅培生、张葵夫妇，家住别墅，安逸致富；烧烤宴聚，谈笑聊叙。其所办公司商品琳琅满目，业务风生水起，既当老板又当伙计，扬眉吐气。送上真诚的祝贺与祝福。外甥于勇、桂芝，热情接待，往往来来。他们已融入当地生活，花园别墅、美满幸福，奋斗好学、勤俭节约。祝福他们平安美满。

墨尔本之行，除发现其宜居唯美之外，还看到了有别于中国的景象。一是汽车右舵开。与我国相反而行，利弊皆有，尚需适应。二是电源门框来。电源开关，安于门框，方便节约。三是别墅都低矮。比中国房屋低50厘米左右，突出绿化，节约造价。四是水比牛奶贵。地大物博，人少致也。五是冬天敢下海。时值冬季，大洋中的冲浪好手之神勇表现令人佩服。六是面皮卷肉菜。酒店无炒菜，大多是面皮卷肉菜，色拉食之，省时少油利健康。

别了，墨尔本！再见，墨尔本！短暂美好的墨尔本之行令人怀念和振奋，但回到祖国的生活更让我悠闲自得。

第六章 诗词篇

联欢畅想

——为贺昌中学太原同学联欢而作

（1990 年 10 月 1 日）

才记得我们相识离石贺中，
转眼间又欢聚在并州省城。
珍藏莲花池畔的缘分，
感恩改革开放的春风。

我们一个个来到太原城中，
今天一家家欢聚感慨聊论；
此时此刻且此景此情，
我们心胸的热浪翻滚。

沐浴吕梁甘露的哺育滋润，
庆幸我们不断的实干奋进；
凭着自主自力的竞争，
跨越创业路上的山峰。

我们不会忘记吕梁的精神，
更要铭记今天欢聚的景情；
让理想之光不断升腾，
让友谊之情千秋永存。

创造更加辉煌的明天

(2000年12月28日)

时光飞逝，转眼八载，
才记得我们相聚在20世纪90年代，
转眼间已是新世纪、新千年的到来。

此时此刻，此情此景，
我们感慨万千思绪难平，
八年的商海搏击增添了我们岁月的年轮。

时代发展，伟人南巡，
欣喜地打开了市场经济的大门，
成就事业的初衷鼓舞了我们创业的激情。

炎热盛夏，列车飞奔，
我们来到大上海的浦东，
开始了喜悦和泪水相伴的艰难航程。

苦心经营，众友相助，
经历了前进中一个又一个的艰难困苦，
在开拓进取创业奉献中得到了超度。

团结拼搏，领导关心，
在大上海一步一步站住了脚跟，
将金宝的两个文明推向了前进。

大风大浪，竞争无情，
我们也曾遇到迷途和陷阱，
实践使我们提高了生存的本领和发展的信心。

建设上海，开发浦东，
是我们肩负的光荣使命，
时代会理解我们所寄托的深厚感情。

立足京铁，发展多经，
是我们义不容辞的责任，
历史会证明我们所付出的艰辛。

机构调整，形势变迁，
我们进入了崭新的发展阶段，
机遇和挑战又同时摆在了我们的面前。

正视现实，勇挑重担，
下定决心征服千难万险，
众志成城实现宏伟心愿。

展望未来，任重道远，
让我们扬起理想的风帆，
去创造更加灿烂辉煌的明天。

注：2000年12月28日为公司举办诗歌朗诵会而作，后收编在《金龙之声》。

井冈山序怀

（2003 年 8 月 25 日）

初秋井冈行，
格外好心情。
追思红军影，
沐浴大森林。

瞻仰红五星，
伟绩心中铭。
水口观彩虹，
氧吧沁心屏。

黄洋界上行，
红米忆英雄。
龙潭映祥云，
仙女敬飞人。

远眺五指峰，
原来在手中。
秉承井冈魂，
笑面绘人生。

老乡欢聚抒怀

(2004 年 1 月 10 日)

你可能来自英雄的吕梁，
你也可能来自巍巍的太行，
我们都是三晋大地的老乡。

你可能来自浦东闵行，
你也可能来自苏州河的两旁，
上海是我们共同的第二故乡。

你可能是第一次在沪相会同乡，
你也可能是多次相聚笑声朗朗，
我们都具有非凡的勇气和吉祥。

我们要牢记黄土高原的哺育和培养，
我们要把握大上海的机遇和风光，
与时俱进奋发向上做新上海人的榜样。

我们要把山西人淳朴勤劳和智慧发扬光大，
我们要把上海人聪明精明和现代作为时尚。
精诚团结携手共进去争取更大的辉煌！

注：2004 年元月 10 日在上海九江路唐晋人家山西老乡欢聚时朗诵。

七律·赞大奇山

(2004年11月26日)

白雾弥漫大奇山,
欢声笑语来登攀。
潭水千尺波纹浪,
金鱼潜底任游闲。
青竹节节竞参天,
松涛巍巍雄风展。
更喜云开雾散日,
艳阳高照尽开颜。

注:2004年11月25-26日,公司员工一行18人在千岛湖学习考察时作。

包头行有感

（2005年8月29日）

八月塞外行，
格外好心情。
各方大使臣，
相聚在鹿城。

扬徐白赵阴，
以酒诚相迎。
明珠包头城，
蓝天舒白云。

水幕观电影，
饲鹿展童心。
包钢火样红，
稀土开发兴。

北方大重工，
车轮与房平。
五当昭中进，
聚精显敬诚。

瞻仰大汉陵,
铁骑又沸腾。
响沙湾中停,
驼背大漠行。

跃马黄花岭,
极目望天穹。
风力发电轮,
好似降天兵。

琵琶弹至今,
千古墓犹新。
追忆王昭君,
尔等受感动。

不虚此行程,
都说有长进。
陶姚立一功,
大家记心中。

注:2005年8月25—29日,参加国务院各部委、各省市自治区驻沪机构联合会第六小组赴包头市学习考察时作。

七律·漓江行

（2006年5月16日）

漓江仙境天下传，
绿水青山迎众贤。
磨盘登船舒云浪，
甲板欢呼照轮翻。
千岭逶迤入画卷，
万山屹立接云天。
更喜阳朔刘三姐，
西街过后更烂漫。

注：2006年5月10—15日，参加国务院各部委、各省市自治区驻沪机构联合会第六小组到柳州学习考察时作。

清平乐·新年献词

（2007 年 2 月 27 日）

岁月匆匆，
大地展新容。
璀璨夺目红桃符，
欢乐又康宁。

金宝商海荡漾，
全靠诚信自强。
今日延安楼上，
明朝蓝天翱翔。

"三一六"有感

(2007年3月16日)

人事有代谢，
往来成古今；
才饮浦江水，
转眼十五春；
四季任替轮，
一片赤诚心；
商海多少事，
都付笑谈中。

注：2007年3月16日，北京铁路局京铁编（2007）6号文件通知，从即日起，撤销北京铁路局驻上海、海南、深圳办事处，当日有感而作。

七律·麦积山赞

(2007年9月1日)

麦积山耸天水东,
尔等乘兴来拜登。
垛峰屹立绝大陇,
敬仰之情油然生。
雕相神工万佛洞,
刻绝造化藏真经。
云栈极目真仙境,
沙弥随身悟禅心。

注:2007年8月27日—9月2日,参加国务院各部委、各省市自治区驻沪机构联合会第六小组"四川、陇南、天水"行,参拜"麦积山"时而作。

七律·游武夷山

（2007年9月9日）

碧水丹山天下闻，
铁龙飞驰停阳升。
九曲漂流皆美景，
天游攀登上梯云。
岩茶润喉武夷官，
红菇飘香又一村。
彭祖八百脱风尘，
武夷神韵印心中。

注：2007年9月7—10日，参加上海市企业协会企业家代表团考察武夷山时作。

克胜荣调抒怀

(2007年11月12日)

今晨传佳音,
克胜上京城。
荣调位高升,
甜蜜在心中。

五局好名声,
屡屡建奇功。
中建新到任,
一定畅通行。

兄弟情义深,
诚贺又一春。
祝愿好身心,
成功有保证。

祝愿好作风,
公私定分明。
祝愿开门红,
谱写新人生!

注:2007年11月12日清晨,接李克胜来信!欣闻其已调任北京中建总公司任哈大线指挥长,十分高兴,欣然命笔!

张世元仁兄会见有感

（2007 年 11 月 18 日）

昨日晋阳宫，
麦茶论乾坤。
展望新愿景，
畅谈生意经。

改制大事情，
百年难求寻。
今朝有德性，
顺势借东风。

诚请君助成，
慷慨来担承。
理解吾心声，
唯我世元兄。

走遍全美中，
睿智又仁信。
此番真缘因，
永远记心灵。

明德生日之歌

（2010 年 5 月 21 日）

读几本名经，
练一套拳功，
照耀人生的每一个征程。

虔诚静心，
创业争雄，
书海任游行。

生日快乐，
生日快乐，
我们相聚心开怀。

喜庆自来，
祝福诸位，
我们情谊似山海。

2010 年总结抒怀

——为《明德年报》创刊而作代序言

（2010 年 12 月 30 日）

（一）

去冬应运而生，
转眼一年光阴。
你我奉献真诚，
明德大道前行。

（二）

道德经中游乘，
认真研读本经。
圣人圣言圣文，
吾修吾读吾品。

（三）

起步简单温馨，
欢笑台湾餐厅。
大家互勉共进，
全靠玉萍建明。

（四）

华辰大厦读经，
别有一番感动。
雪芳美酒宴请，
鼓舞奋斗激情。

（五）

上课树间花丛，
心情为之热腾。
多少大事小情，
有劳洁鸥刘忠。

（六）

江阴桥头览胜，
参观学习联通。
塔院举杯畅饮，
建清伉俪做东。

（七）

淮海国际聚朋，
全仗潘哥伟明。
轻歌曼舞来劲，
美酒佳肴增情。

（八）

山西大运之行，
全仗岱平晓兵。
相册珍贵美精，
感谢白涛琪兄。

（九）

浦东假日论经，
高谈阔论细评。
真知灼见浓情，
全靠戴刚徐琴。

（十）

上虞之旅给劲，
堆积如山礼品。
游学彰显潜能，
功记建清李明。

（十一）

高桥学习易经，
练武学文共进。
荣良谦和武精，
耀眼金牌为证。

(十二)

二十冶金周公,
为首坐镇浦东。
几番宝山宴请,
笑面尽显真诚。

(十三)

欢聚三人行宫,
有仗庄主雅平。
美酒美食美景,
果真气象不同。

(十四)

总结虎年征程,
适可而止表功。
任重道远责任,
鞭策努力渐进。

(十五)

喜迎兔年之春,
心花怒放欢腾。
坚持六字方针,
光辉灿烂永恒。

登三青山^①有感

（2011 年 12 月 10 日）

（一）

江西三青山，

世界名遗产。

明德聚九贤②，

乘兴来登攀。

（二）

起程沪新苑，

谈笑到玉山。

皇朝国宾馆③，

徐饶④第一宴。

（三）

起早来登山，

车队云海穿。

索道第一站，

惊险入眼帘。

（四）

仰观峻岭险，
低头万丈渊。
栏杆壮大胆，
双套⑤挡风寒。

（五）

栈道似通天，
逶迤真壮观。
石柱不可攀，
雄伟留心间。

（六）

玉京耸云端，
盘旋到眼前。
晶莹冰凌现，
雪松更壮观。

（七）

早餐在半山，
鼓劲心相传。
来到三青殿⑥，
朝拜了心愿。

（八）

西岸⑦来山下，
好景又连连。
人景互联翩，
即刻特色现。

（九）

定康有体能，
探路在前行。
李明装备精，
背包伴旅行。

（十）

刘忠头套中，
猴面孙悟空。
雅平戴彩巾，
不断传笑声。

（十一）

洁鸥巾裹身，
上香献真诚。
泓潼有爱心，
自冷送围巾。

（十二）

戴刚有潜能，
下山快如风。
万青断后行，
双手提物品。

（十三）

岱平登山顶，
赞颂三青峰。
天地人通神，
自然而然生。

（十四）

此行能成功，
感谢沈万青。
此行能安顺，
给力众弟兄。

（十五）

圆满此行程，
大家皆高兴。
美酒来欢庆，
牢记在心中。

注：此文于明德读书会组织三青山考察时作。《明德年报》刊发。①江西三青山，5A级景区。②明德读书会"问道之旅"九人成行。③上饶市玉山县。④江西省上饶市地方税务局局长徐志刚、玉山县县长饶清华宴请。⑤手套、头套。⑥佛道同供殿。⑦三青山主峰西栈道。

2011 年总结抒怀

——为《明德年报》而作代序言

（2011 年 12 月 30 日）

（一）

二〇一一很短暂，
弹指挥间又一年。
常念常见常不见，
学文学武学九天。

（二）

春暖花开翠云馆，
易经学习新开篇。
湖光山色景连连，
龙身蛇形太极拳。

（三）

夏荷百花来争艳，
马山梵宫在心间。
三人行中天山店，
明德厅里欢庆宴。

（四）

秋景烂漫天蔚蓝，
易经风水互学传。
复地四季经纬院，
黄帝内经第一站。

（五）

冬雪飞舞松涛现，
游学攀登三青山。
欢天喜地笑不断，
诗情画意尽开颜。

（六）

玉兔微笑招手见，
金龙腾云在眼前。
乘势而上克艰难，
共同书写新诗篇。

清平乐·明德

——为《明德年报》暨成立三周年而作代序言

（2012年12月21日）

明德三年，
替轮换新班。
洒向大地都是欢，
尽情享受无怨。

明心照亮乾坤，
德彰滋润心灵。
同行龙拳相伴，
自在道经长生。

献给敬爱的外婆

——为纪念外婆诞辰 100 周年而作

(2013 年 5 月 29 日)

(一)

每当我来到陈家塔的村旁,
难忘的记忆就震撼心房。
您在五道庙的招手瞭望,
鼓舞我奋勇前进在四面八方。

(二)

我从小生长在您的身旁,
岁月见证了不屈的坚毅和刚强。
赶毛驴贩果子往返于离石汾阳,
抬担架支前线授予了模范队长。

(三)

家境贫人口多生活紧张,
放弃了专业革命者之路坚守自强。
大舅父志愿军上了朝鲜战场,
两斤绿豆上丹东看望给予力量。

（四）

敬佩心胸的炽热与宽广，
艰难困苦中供子女儿媳上学堂。
重视教育形成了家风力量，
激励着后代传承发扬光大。

（五）

敬仰实干的精神和胆量，
家务农活里里外外样样在行。
藐视困难乐观向上，
80多岁高龄还在吴城集市徜徉。

（六）

陈家塔的岁月铭记在心，
美好的记忆伴随一生。
井沟里挑水盖麻叶防止水涌，
春山上砍柴汗流浃背咬牙行进。

（七）

七一年骑车从文水回到吴城，
薛公岭冒雪前行相伴劳累和笑声。
七五年春将肥猪卖到吴城，
将自行车的手把压成弯弓。

（八）

走出吕梁山创业出征，
人生旅途中步伐不停。
从吴城到省城再到上海北京，
奋斗乐观的精神鼓舞我前进。

（九）

思念外婆常驻我心，
化作力量勇挑重任。
自觉弘扬家风的优良传统，
永远坚持爱国的赤诚心胸。

贺大别山艺术馆开馆庆典

(2014年9月10日)

(一)

广袤大别山,
锦绣梅山川。
璀璨更耀眼,
盛赞艺术馆。

(二)

三峡大画院,
金寨谱新篇。
桃园将军县,
创作大源泉。

(三)

周森好儿男,
德艺双馨贤。
两地来奉献,
光芒照坤乾。

明德颂

(2014 年 12 月 19 日)

（一）

明德的五年，
清华把你我相连。
国学四期沪上复旦，
我们读圣书学圣贤。

（二）

明德的五年，
缘分把你我相连。
浩瀚宇宙茫茫人海，
我们诚相依思相见。

（三）

明德的五年，
求知把你我相连。
书海任游经典享受，
我们增智力开智泉。

（四）

明德的五年，
练武把你我相连。
龙身蛇形太极拳，
我们体力壮活力添。

（五）

明德的五年，
游学把你我相连。
晋浙苏鲁吉越豫赣，
我们行万里读万卷。

（六）

明德的五年，
未来把你我相连。
发展修炼谈笑康健，
我们读好书练好拳。

七律 · 赞龙身蛇形太极拳

（2014 年 9 月 26 日）

龙身蛇形太极拳，
欣闻风靡上海滩。
公园老幼斜飞势，
学府师生亮单鞭。
一拳上下风雷动，
三架刚柔文武玄。
形意太极凝一气，
中华养生真源泉。

赞瞿荣良先生

（2014年9月26日）

沪上高桥有玄章，
精英巨贾多自强。
借问今朝何人有？
首推仁贤瞿荣良。
自幼拜师练精武，
从壮经商闯市场。
刚柔相济成大业，
龙身蛇形英名扬。

中辰泰颂

——为纪念中辰泰公司成立四周年

（2014 年 12 月 26 日）

（一）

中辰泰四年，
阔步迈向前。
适应新发展，
组建大集团。

（二）

中辰泰四年，
克难只等闲。
重组加仁贤，
跨越新阶段。

（三）

中辰泰四年，
全力推电缆。
接力稳向前，
马年业绩显。

（四）

中辰泰四年，
御龙台尽显。
东西南北宴，
盛赞红黄兰。

（五）

中辰泰四年，
长效已显现。
中辰上市见，
久庆精品艳。

（六）

中辰泰四年，
任重而道远。
我们奋力干，
未来更耀眼。

七绝·颂"5·17"论坛

(2015年5月18日)

岳麓书院继千年,
中华宫里启众贤。
心宇正道通四海,
格物致知种福田。

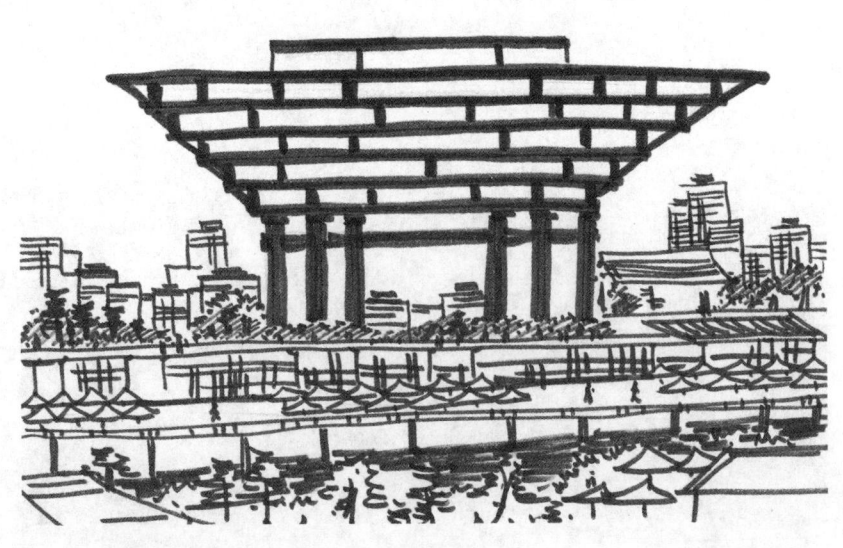

读《了凡四训》有感

(2015年8月10日)

了凡四训，
首推立命；
自谨自慎，
改过新成；

行善积德，
弘道除恶。
虚空宁静，
不战自赢。

偶 感

(2015年9月7日)

青蛙鸣叫,
昏鸦争噪。
哪个不去红尘闹。

路遥遥,
水迢迢,
奋斗尽在京沪道。

昨日青壮今不老,
景,依旧好,
人,觉醒了。

偶 感

(2015 年 9 月 21 日)

（一）

浦西耕，
浦东卧，
世态人情经历多。
闲将往事思量过，
精的是他，
愚的是我。

（二）

浦西耕，
浦东卧，
腾云驾雾是非多。
闲将经历思量过，
庸的是他，
炼的是我。

（三）

浦西耕，
浦东卧，
搏击海上故事多。
闲将变化思量过，
短的是他，
久的是我。

中辰泰五年庆抒怀

(2015 年 12 月 26 日)

(一)

中辰泰五年,
缘分把我们相连。
浩瀚大世界,
难得重聚再欢颜。

(二)

中辰泰五年,
友情把我们相连。
古老大中国,
难得相依再心牵。

(三)

中辰泰五年,
事业把我们相连。
现代大上海,
难得共享再发展。

七律·赞周森

（2016年1月4日）

左书惊奇耀春秋，
右列钟铭照中尧。
周游名山真理找，
巡视大海灵感求。
识得苍阑乃佛面，
坚守仁义介九霄。
和合天机老不老，
甘当行者侯不候。

七绝·游江

（2016年3月21日）

嘉陵江上夜赏景，
山水相映金光生。
明德贤士多奇志，
尊道贵德爱阆中。

中辰泰之歌

(2016 年 4 月 21 日)

(一)

我们是快乐的中辰泰,
攻坚克难笑开怀。
沪上京晋缘情汇,
志同道合创未来。

(二)

我们是奋进的中辰泰,
投资实业追时代。
创新创效树品牌,
共享共荣争光彩。

(三)

我们是豪迈的中辰泰,
恒生万物梦想飞。
忠厚机敏勤奋在,
商界扬帆济沧海。

贺泽睿德成立

（2016年7月3日）

（一）

泽睿德诞生，
玉宇万里清。
传播红文化，
时代新使命。

（二）

泽睿德启程，
云集众嘉宾。
共商发展路，
扬帆有顺风。

（三）

泽睿德繁荣，
成功有神针。
上下来联动，
大鹏跃长空。

祝福宏森公司十八年庆

(2016 年 7 月 18 日)

(一)

热烈的庆贺宏森,
十八年前今天的诞生。
站在改革的潮头,
引领时代的精神。

(二)

真诚的祝愿宏森,
十八年中今天的深情。
聚在千年的古村,
谱写当代的共赢。

(三)

虔诚的祝福宏森,
十八年后今天的精英。
汇在溪口的山水,
见证明天的永恒。

欢聚颂

(2017.9.23)

(一)

弹指挥间四十年,
心潮澎湃忆校园。
原平阳泉又孟源,
铲机帐篷在眼前。

(二)

弹指挥间四十年,
无限感慨话上班。
砥砺奋进回原点,
人不胜天顺自然。

(三)

弹指挥间四十年,
知足惜福享当前。
铭记今昔春风面,
弥勒在心似神仙。

注：2017年9月23日，太原铁路机械学校工程机械一、二班同学在太原举行毕业四十周年座谈会，会上感慨朗诵。

龙太极之歌①

(2017年11月28日)

我们是龙身蛇形②太极人，
坚守乐观向上的好心情。
学文习武不放松，
沐浴曙光练真功。

我们是龙身蛇形太极人，
坚守尚武强身的好传统。
尊师爱徒敬祖庭③，
大力传承勇创新。

我们是龙身蛇形太极人，
坚守修炼精进的好作风。
德能双馨争上品④，
三爱三立⑤当先锋。

注：① 此专为龙身蛇形太极《年报》而作。
② 龙身蛇形太极拳，简称"龙太极"。此拳由瞿荣良先生创立。
③ 此指历代习武练拳大德大成之祖师。
④ 指"干上品事，做上品人"。
⑤ 此乃龙太极宗旨：爱国爱家爱太极，立德立信立正气。

恒生岛之歌①

(2017.12.9)

我们是有缘的恒生岛,
茫茫人海月月相依守。
不论地域论缘由,
勿讲年龄讲追求②。

我们是高尚的恒生岛,
仁义礼智个个闪光耀。
遵道贵德敬子尧③,
紧跟时代敢弄潮④。

我们是快乐的恒生岛,
分享互助人人品自高。
学文习武常论道,
弥勒⑤在心永不老。

注：① 为恒生岛2017年家宴暨年会而作。
② 恒生岛核心价值观为：爱国爱家爱岛亲，学文学武学养生。
③ 敬指孔子、老子等诸子百家、尧帝。
④ 指有勇敢进取精神的人。
⑤ 以弥勒佛为榜样："笑口常开笑天下可笑之人，大肚能容容天下难容之事"。

第七章 悟语篇

在创办《弘语轩》《月报》《季报》和写作活动的过程中，结合自己的修炼实践，陆续发布了一些自悟、自修、自醒、自警之悟语，汇集如下（以起始笔画为序）：

1. 一个人的品性，既取决于如何享受胜利的战果，又取决于怎样忍受挫折的苦果。

2. 人生"十气"：树正气，防邪气；存豪气，防娇气；持朝气，防暮气；凝专气，防散气；守柔气，防斗气。

3. 人生"八失"：失去金钱尚可挣，失去健康皆无用；失去锦衣尚可新，失去朋友要伤心；失去美貌尚可整，失去诚信难翻身；失去机遇尚可寻，失去勇气无成功。

4. 人生"六要六不"：要珍惜人生，不抱怨；要快乐人生，不浪费；要享受人生，不忧愁；要创造人生，不虚度；要辉煌人生，不满足；要精彩人生，不言止。

5. 人生"六本"：诚信为立身之本，谦和为处世之本，仁义为交友之本，礼智为形象之本，孝悌为家族之本，勤劳为做事之本。

6. 人生"六失"：轻率失根，浮躁失君；骄傲失进，无信失朋；嗔痴失性，贪腐失敬。

7. 人生"四之要"：尊敬为处世之要，清净为修炼之要，精进为成长之要，亲近为和睦之要。

8. 成功"四有"：出场有人敬，办事有人信；生活有人爱，活动有人陪。

9. 人生"四贵"：自由最可贵，健康最宝贵；友谊最珍贵，知足最富贵（好友李克胜退休，赠之共勉）。

10. 人生没有如果，只有成果和苦果；事业没有终点，只有拐点和起点。

11. 人生最大的错误，是用健康和自由换取无度享受和身外之物；人生最大的艰难，是用生命和身体惩罚自己制造的困难和麻烦；人生最大的幸福，是在遵道守法之下实现的自由与欢度。

12. 人生最大的遗憾，是在自满和冲动之下形成的损害和伤害；人生最大的幸福，是在法律和道德之上得到的自由和成就。

13. 大道宏，有太平；顺自然，有远见；兴孝慈，有心齐。国家兴旺，有能臣（读《道德经》第十八章反思之感悟）。

14. 夫自守命运者，能承自然之欢，可享天伦之乐，谓之常智也；把握命运者，能承顺时之势，可享人生辉煌，谓之大智也；创造命运者，能承弘道大德，可享王公之尊，谓之超智也；盖上"三种"合一者，能承天人寄托，可享千秋之誉，谓之圣智也。

15. 长寿"八要"：一要重视养生；二要自觉摄生；三要修身养性；四要愉悦心情；五要饮食平衡；六要适度运动；七要自然环境；八要善于"折腾"。

16. 不承诺，争兑现；少承诺，多兑现；已承诺，必兑现。

17. 天道酬勤，地道酬稳。人道酬善，友道酬贤。商道酬信，大道酬仁。

18. 以儒治国，则国能兴；以道治身，则身能健；以佛治心，则心能善。

19. 正气存内，邪不可害；合一无猜，时不可违；养生智慧，"度"不可代。

20. 对失信"友"之处置法：看透不说透，期许改正后，原谅尚可交；讨厌不翻脸，友谊自然断，也许还见面；绝交不往来，教训记心扉，防患再伤害。

21. 只有勤奋，才有利润；只有奋斗，才有享受。

22. 母鸡要下蛋，公司要赚钱。

23. 企业"八本"：创办以股东为本；支承以产业为本；经营以盈利为本；运作以团队为本；灵魂以老总为本；产品以质量为本；人才以培养为本；发展以创新为本。

24. 成功"九要"：既要心动，也要激动，更要行动；既要勇气，也要柔气，更要大气；既要坚定，也要坚强，更要坚持。

25. 成功"三有"：眼中要有人——高人、贵人、友人；手中要有牌——品牌、名牌、招牌；心中要有诚——诚心、诚信、诚恳。

26. 成功"五靠"：一靠本命；二靠机运；三靠资本；四靠勤奋；五靠贵人。

27. 同行又同心，一定能成功；同行不同心，一定藏祸根。

28. 再忙也要遥望星空，再累也要欣赏风景；再难也要坚持行进，再苦也要面带笑容。

29. 再完美的人也有缺点，再善良的人也有敌人。再高明的人也有委屈，再智慧的人也有平庸。

30. 老虎回头，必有缘由，不是报恩，就是报仇；老板回头，必有理由，不是报喜，就是报忧；老友回头，必有根由，不是报好，就是报孬。

31. 身正则率行，心正则阳升，气正则恒生。

32. 怀念过去，既要铭记，也要忘记；把握当下，既要享受，也要忍受；憧憬未来，既要坚定，也要淡定。

33. 奋斗的人，不在情绪上计较，只在做事上认真；不奋斗的人，不在做事上认真，只在情绪上计较。

34. 奋斗，就是每天都难，可一年一年越来越容易；不奋斗，就是每天都容易，可一年一年越来越难。

35. 知足，富也；知止，智也；知礼，贤也；知予，善也；知进，成也。

36. 幸福，在于怀念过去，还在于憧憬未来，更在于享受当下。

37. 顺人性发挥，逆人性自警，摄人性修炼。

38. 是不是朋友，是不是真诚的朋友，是不是合作者，是不是永远的合作者，不需要语言的承诺，只需要时间和实践的验证。

39. 昨日已立冬，进补当跟进。饮食要平衡，运动防寒冻。早睡存阳气，洗脚热身根。保暖重养生，怡心保精神。

40. 品休闲之茶，戒无名之酒；处同道之朋，绝无德之友；做心甘之事，减无力之求。

41. 修身"六要"：目要有人，耳要有定；脑要有灵，心要有诚；言要有信，行要有恒。

42. 修炼"八度"：生命要有长度，生活要有欢度；做人要有尺度，做事要有力度；学识要有宽度，专业要有深度；思想要有高度，行动要有速度。

43. 修炼"八得"：拿得起，放得下；买得起，吃得下；赢得起，容得下；输得起，丢得下。

44. 修炼"六放"：放眼世界，放心自在；放下身段，放开胸怀；放声大笑，放手施财。

45. 修炼"六要"：辩正知、持正气，存正心、修正身，走正道、取正果。

46. 修养"四法"：处善下为保身第一法；守安详为处事第一法；持谦恭为处友第一法；戒骄奢为养心第一法。

47. 相信自我，鞭策自我，完善自我；虚静无我，感悟无我，修练无我。

48. 谈笑看待昨天，知足品享今天，乐观展望明天。

49. 预想的事很难实现，未想的事很易出现。预想的事要善于坚持，未想的事要善于把持。

50. 做人要柔善，做事要周全。

51. 做人，既要风风光光，也要谨谨慎慎，更要堂堂正正；做事，既要勤勤恳恳，也要机机灵灵，更要认认真真；做东，既要热热闹闹，也要文文静静，更要高高兴兴。

52. 敦伦尽分，勤勉存诚；刚柔退进，惟道执中。

53. 做事，既要思进，又要思退。有进有退，千秋万岁；有进无退，功亏一篑。做人，既要思刚，又要思柔。有刚有柔，百代贤侯；有刚无柔，昙花一耀。

54. 熬，不是停止，而是不止；熬，不是退缩，而是浓缩；熬，不是无奈，而是能奈；熬，不是失望，而是希望。

后记

三月好风光，艳阳百花香。在这春意盎然的季节，此《文汇集》经过三年多的努力，终于成稿。此时此刻，感恩之情油然而生。首先要感恩伟大的时代使我有了奋斗和进取的舞台；其次要感恩导师和好友的厚爱，使我能拼搏奉献和拥抱未来；再次要感恩各种的经历和平台，使我能享受工作过程并尽情发挥。在整理和编辑此书的过程中，得到恩师、仁兄和贤弟的鼓励、支持和帮助，特致以诚挚的感谢和祝福。特别要诚谢沈善增恩师撰写"序言"，山西人民出版社总编辑姚军先生和责任编辑崔人杰先生的精心策划实施以及家人的大力支持。本书的编辑出版，是我人生经历中的一件大事、幸事，它必将成为我继续奋进的"珍宝库"和"加油站"。由于受历史条件和水平所限，难免有很多不妥和不足之处，诚请各位读者海涵指正。

胡岱平

2018 年 3 月 16 日